女と男のはなし

～町の一音楽教師から見えた世の中～

草の実 アイ
KUSANOMI Ai

文芸社

はじめに

『もてない男』というタイトルで世に書を発表した男性がおられる、ということを、2022年になって知りました。小谷野敦さんという方で、その本は1999年にちくま新書から発売されていました。

この本を読んだ私は、〝女と男のはなし〟について、私の数十年の音楽教師の体験から見聞きしたもの、感じたもの、考えたもの、を発表したくなりました。

それを、思いつくまま書いていこうと思うのですが、はじめに、「私」は何者かをはっきりさせておきたいと思います。

私は、数十年間音楽の仕事のみに関わり、演奏業、教える活動、何人かの先生にお手伝い頂いた教室経営をずっとやってきた者です。音楽でお金を頂いてきたプロです。

性別は女、夫有り。日本人。日本の生まれ育ち。

扱っているものは、音楽だけではありますが、仕事の中で、女、男について考えることが多々あり、また、同業者や生徒さんたちから聞いた話、教室運営のために関わった業者さんから聞いた話など、これらの話を世の人々にも聞いて頂きたくなったのです。

これらの人々には、男女両方がおり、生徒さんは2歳から、80歳代までいました。

以下の文の中で出てくる年齢は、すべて話を聞いた当時の年齢です。

話の中には、音楽経験だけに限らず、若くない年まで生きた私の日常経験からのものも含まれます。

また、私は読書好きでもあるので、仕事の合間に読んだ本の中から印象に残った女と男の話も織り交ぜていきたいと思います。

目次

第一章　『もてない男』の書に刺激されて

どうしてあんな人が結婚できて、私が結婚できないの？

さて『もてない男』の著書をどう思ったのか、ということを最初に書きます。

この書は、著者が古今東西の文芸書、論文、映画、漫画などを研究され、またご本人の体験をまじえ、男女の恋愛を中心に考察された本です（と私は読みました）。

ご本人はあくまで自分を〃もてない男〃として、その立場から書かれています。

私の感想は、よく多くの資料をまじめに研究されたなぁ、という点、そして〃もてない〃といわば弱者の立場として、自分を世にさらした勇気に対しては、がんばったなぁ、という点に感心しました。強者が発言するのに比べ、弱者が発言するのは、数倍のエネルギーを要すると思います。

この書に刺激され、私も文を発表したくなったのです。

『もてない男』の書には、〝もてない男〟から〝もてる男〟を見る時、（なぜこんな男がもてるんだ、おれの方がコイツよりは内容ある男なのに）と思うことがある、というようなことが書いてありました。

これ、まさしく女にもそっくりあてはまる例を見ました。

「なんで、あんな変な女が結婚できるの、私の方がまともなのに」

という言葉を、生徒さんから聞きました。変な女とは、例えば、約束した音楽練習の時間に何回も遅刻するのにあやまらない、とか、CDを貸したのに催促するまでいつまでも返さない、とか、倫理的なことだったりします。

この発言を聞く限り、私は発言に同意せざるを得ないわけです。

そして、同意したあと、〝なぜ変な女が結婚できるの？〟という疑問に対する言葉を待っている彼女に、私が何か言わなければなりません。

皆さんは、もし私と同じ立場に置かれたら、こういう時何と答えますか？

ちなみに、〝音楽の先生がこんなことまで答えなくてはならないの？〟という疑問を持つ方もおられましょう。もちろん契約上は、音楽だけしていればいいのです、が私は、

「ここは人生相談室ではないから、別のところに行って聞いてください」

とは言いませんでした。つまり、音楽教室兼人生相談教室になったのでした。同業者に聞くと、ベテランの女の先生は、私と同じようなことになる傾向があるそうです。だからといって、この先生たちは決して音楽の手は抜いていません。それどころか、町の先生の中ではデキモノ（優秀な先生）だったりします。

もう一つ、独身者から既婚者への不満の例。私が出会った本の中に、独身の女と、結婚している女が、昼間（結婚相手の夫は仕事か何かで外出）、独身の女の部屋でお茶飲み話をしている、という小説がありました。二人は同じアパートの住人です。

会話している独身の女から見ると、結婚している女のいやな面が色々見える、だらしなかったり、ずうずうしかったり、悪口やグチの数々……。

そして思います、（どうして私が独身で、こんな人が結婚できるの？）ということが書いてある小説でした。

著者は、野上弥生子さんです。彼女自身は、結婚して、お子さんもいて、すべてにおいて幸せにすごされている方だ、と伝わっています。さすが、小説家、人の心がよく読めるのですね。

ここまで書いて、さて野上さんの小説のどのタイトルの話だったかが思い出せません。ざっと全集などをのぞいてみても見つからず、自分の記憶だけに頼ってしまいますが、お許し下さい。

この独身たちの問いに、きちんと答えるのは、難しいと感じます。

では逆の話。結婚している人は、変な所ばかりか？　いや、〝結婚している人の方がいい人に見える〟という例を。

もうすぐ30歳になるという女性の生徒さんが言いました。

「30までに結婚したい、遅れたくない。私はあせりはじめました」

この発言を聞いた私は、

「がんばってね」

などと、応援する言葉を言うことになります。

彼女は、会社員で、〝結婚相手はまず自分の勤めている会社の中から見つけよう〟という方針を立てました。幸いと言うべきか、その会社は日本の中では大会社で、従業員数も多い会社です。一所懸命探しました。（いい人だ）と思う人が数人いました。ところが一人目、指に結婚指輪と思われるものが見え、ガックリ。二人目以降、指輪はない、チャンスありか、とこっそり社内の人から情報を得たところ、結婚しているか、婚約しているか、ほとんど婚約間近らしい、相手がある男性ばかりだったのだそうです。では残った人から探したのかというと、残った人とは誰ともその気にならなかったのだそうです。


これを聞いた私は、この話はこの人の場合だけだ、とは思わず、〝いい人から獲られていくのだな、あたかも椅子取りゲームのようだ〟と、一般論にできる気がしました。

ここで、〝蓼《たで》食う虫も好き好き〟という昔からの言葉が日本にあるのを思い出します。この言葉は、人間にランクの差があるのではなく、ランクは皆平均的で、あとは好みの問題だよ、ということを言っているように見えます。が、実際の世の中はそうではない、ランクがあるのだ、と思ったのです。男にも、たぶん女にも。結婚できやすい順ランク。いい人から獲られていくのは、何も野球選手のスカウトや仕事上の人材獲得戦線だけではない、ということを思ったのです。

そういう（色）眼鏡で教室の人々などを見ていくと、この世の中を成り立たせている法則〈いい人から獲られていく〉が、あたっていると思わせられることが多いのです。〝音楽教室で何がわかるの？〟ということですが、例えばあいさつです。教室ですれ違う他の生徒さんたちに、

「こんにちは」

など明るい声で目を見て言う人、言わない人。教えている先生が、

「今日ちょっと風邪気味でレッスンするけどゴメン」

と言ったのに対し、

「大丈夫ですか？」

の言葉が即座に出る人出ない人等。大人の男女とも、きれいに、前者は結婚している人、後者は結婚していない人、という区分けができたのです。

更に私は、職場でのグチを聞いた場合にも、この色眼鏡を使いました。

「職場の先輩の方で、私に意地悪な人と、話を聞いてくれる方がいます」

とは、生徒さんからよく聞く話です。その時の私の対応は、

「その人たちは結婚してる？」

です。そしてまたこのケースにも、意地悪＝非結婚者、聞いてくれる＝結婚者、があてはまってしまったのです。


私のおせっかい焼きが高じて、教室内見合いパーティをやったことがあります。男性側の知人である生徒さんに頼まれたからでもありますが、男女合わせて独身5人位だったでしょうか、だいたい30歳代、それプラス仲介者（既婚男女私を含め）３人。

結果、男からも女からも、ひっかかりなし、〝全くいいいと思わない〟そうで、それに加え、中で一番人気があったのは仲介の人、男からも既婚の女性が、女からも既婚の男性が、いいとのことでした。

これを口悪く言ってしまうと、魅力のない人と魅力のない人が、自分を置いて、相手を魅力ないと思う図式ですよね。そしてやっぱり既婚者に軍配が上がってしまうのです。

生徒さんから。彼女は市役所の市民課の職員。窓口業務に携わり、出生、死亡、結婚、離婚の届けを扱う仕事をしています。個人情報は口には出しませんが、一般論として色々なことを私に話します。

ある時、近所の顔だけ見たことがある女性が結婚届を出しに来たそうです。（いいなぁ、私より年下でもう結婚できるのか）とうらやましいと思ったのもついこの間のこと、離婚届を出しに来たそうです。（もう離婚するの？　早いなぁ）と感じていたことを忘れる間もなく、結婚届を提出にあらわれた、（私は一回も結婚していないのにこの人は二回も結婚できるんだ）と、二度うらやましかったということです。

ほかの生徒さんの話。女、子供あり。

「離婚しました」

「おお、これから大変ね」

と心配する私。数カ月の間に、彼女、違う男性を見つけ、〝一緒に暮らしています〟の報告あり、という例が一人ならず数人あり。〝再婚できなくて苦労している〟という女にはあったことなし、です。これは、私の周りの見聞に過ぎないかもしれませんが。

これらの女たちのケースは、（前の結婚の時に不倫してたんじゃないの?）と思われがちですが、さにあらず。生徒さんたちの側からは、新しい人を見つけたいきさつまで説明されていまして、不倫なしです。


今書いた再婚話数例から思い出す、よく聞いた言葉があります。それは、昭和の昔、私が子供の頃、〝初婚の人（特に女は）が結婚相手として好まれる〟の言葉。時代が変わったのか、本当はそうではなかったのか、現実は逆にみえます。〝結婚していた人の方がもてる〟の原則があてはまりそうです。もしかすると、〝もてる〟という言葉より、〝見つけるのが早い〟また、〝つかまえるのが早い〟という感じかもしれません。昔、〝手が早い〟という表現があったと思いますが、これ男に対して言う言葉なのかと、何となく思っていましたが、女にもピッタリな場合ありです（椅子取りゲームをしているとも言えます）。

男性の再婚ケースは、直接は知りませんが、知り合いから聞くと、ほぼ同様であるとのこと。やっぱり男女とも、結婚している人はもて度が高いと言えそうです。

また思い出してみると、昭和の昔私の子供の頃、大人たちが言っていたもう一つの言葉、〝結婚して初めて一人前の人間になれる（男女共）〟。これを聞いた子供の私は、（人の生き方はもっと自由でしょ）と反発を感じたものでありましたが、今となっては、この言葉には、ある一面真理があったなと認めてしまっています。

ここまでで、結婚しないで年取っての一人者は、いかにも魅力ない人ばかり、と思われそうですが、みんながみんなそうだ、と決めつけているわけではありません。実際の世の中には、独り者の方で〝いい人〟もおられるでしょう、ですが、その人は、特別な存在、特別な方、と私には見えます。そしてその存在は少数だと感じています。

元に戻って、結婚している人のイヤなところ、と結婚している人のランクは上、の話は、どう整合性をつけるのか？　という問題が出てきます。

今のところ、きれいにはこの問いには答えられない私なのです。

ですが、一旦この問題は置いておいて、現実（結婚できやすい人ランクの存在）をそのまま受け入れることとして、そこから、一般論としての後輩の男女へのアドバイスが導き出されてきました。それは、〝善は急げ〟〝早い者勝ち〟つまり、〝結婚したいなら活動は早ければ早いほどよい〟です。

早いっていつから？　極論を言えば、物心ついた時から、3、4歳の頃から。とにかく、何とかちゃん好き、からはじめて恋人を作ろうとしたり、作ったり、振られたり、色々な異性と付き合ったり、その活動経験の中から、いざ結婚したい時にこれまでの経験をフルに役立てる、経験で身に付いた異性との付き合い能力を生かす。また、付き合った人の中から相手を選ぶ。この競争に人より遅れると、遅れた人は結婚競争に負ける、ということです。

この中には、人には生まれつき〝もてない人〟がいるのではなく、生きていく中で〝もてる、もてない〟の差が付いていくのだ、という考えが含まれます。

そろそろ結婚を考えようか、と20歳もかなり超えた頃に、初めて異性と付き合おうとする人がいたら、その人のその考え、その感覚は〝遅い、遅すぎる〟ということを厳しく言われたとしても真実だと思います（遅くなってしまった人はどうしたらよいの？　の問題は残りますが、この文中では深く触れないようにしようと思います）。

男は美人が好き、女も美形男子（イケメン）が好き

では、〝もてる人、もてない人〟の話から、次の話題に移ります。

『もてない男』の本に、〝男は美人が好き〟ということが書いてありましたが、女はどうか？　という話題です。音楽をやっている世界の人間から見ていると、女もやっぱり〝イケメンを好きな人多し〟と言えます。これは、音楽をやっていない世の一般の人々も皆知っていることで、イケメンJ・Popの歌手や、韓流スターたちに熱を上げている女たちが多いのはよく知られています。

ところで昔、美形な男性に対しては、美男子、ハンサム、などの言葉があったと思いますが、今は表現の主流がイケメンになっているのでしょうか？

ここで、音楽をちゃんとやっている人間から一言言います。イケメン歌手を好きな女は何が好きなの？　歌がうまいと感心しているの？　いい音楽だと心に感動しているの？

疑問！なのです。ですが、世の中は相変わらず、イケメンの音楽売り上げはかなりの勝ちをおさめています。日本では特に。ちゃんと音楽やっている人が他にたくさんいるのになぁと思うのです。

いま、日本では特に、と書きましたが、例えばＵＳＡ（アメリカ）では、歌手として認められるためには、〝歌がうまい〟ことが絶対条件であるようです。お客さんが下手な歌手には、拍手してくれないからです。さすがＵＳＡ（アメリカ）、耳が肥えている人の集まり。経済部門で日本がＵＳＡ（アメリカ）に近寄ったとしても、ボーカルについては、日本は後進国であります。ランク付けしたら、ＵＳＡ（アメリカ）は言うに及ばず世界各国の中でもかなりの下位になるのではないかと思われます。

これ、日本に歌のうまい人がいない、ということではありません。うまい方はおられます。私も尊敬している歌手の方、好きな方、おられます。歌手の方について言っているのではなく聞き手について私は不満を述べています。よって、うまい歌手は、一部の人から認められるだけでそれに見合った境遇にならないし、またいい歌手も育っていかないのです。

不満を言っていると、男、女の話からはずれていくのでこの位にして、〝イケメン歌手が好き〟の話に戻ります。世の人々の中では、（クラシックをちゃんとお勉強している人は、イケメンがどうしたこうしたなんて、言わないんでしょう）と思っておられる方もいるでしょう。が、実際音大の人と付き合ってみると、そうでもないんですよね。ある人は、

「勉強と好きな音楽は違うの」

と言っていました。戦前生まれでクラシックを専門に音大で勉強した方などには、クラシック一筋という方が多く見受けられましたが。もちろん、今若い人であってもこのことは人により違うのではあります。

生徒さんの言葉を紹介します。結婚している女性の発言に、

「ベッカムに熱を入れています」

というものがありました。2000年頃の、サッカー美形選手の人気はすごかった。他にも、メルアドをベッカムにしていた生徒さんがいたり。ベッカム好き女の発言の続き、

「結婚相手にする訳じゃなければ、できるだけ美形の男性がいい、結婚する時は、性格その他も大切になってきますけど」

私の反応、（なるほど、そんな考えもありか）と思ったものです。

ちなみに、その一言の後、話に花を咲かせたわけでもなく、教室で彼女は練習してきた曲を華麗に演奏していました。

では、

「音楽やってるあなたはどうなの？」

と言われると、

「私も美形男子好き」

と答えます。ですがそれは、Ｊ・Ｐｏｐ、韓流ではなく、よく言われるイケメン男子ではないです。

ちなみに今気に入っている人のフォトがタブレットに保存されていますが、外国スポーツのハイレベル能力選手男子が八人勢揃いしているものです。それがすべてかっこいいのです。一人だけでなく、八人もいる豪華さ。

まあ、こんな個人的なことは、ここまでにしておきましょう。

ここで思う、今の日本では、男が、

「美人が好き」

と言うと、女から、

「顔だけで判断しないで！」

とお叱りが飛んでくることがありますが、女が、

「イケメンが好き」

と言っても堂々とまかり通る世の中になっているようです。これって、不平等なのでは？　私は不平等な日本になっていると感じます。不平等は嫌いです。よくない日本だと思います。

ですが、少し掘って考えると、女が、

「美形男子が好き」

と言った時には、言葉の意味そのままであるのに対し、男があるシチュエーションで言うと、他の意味が出てきてしまいます。例えば、採用試験で基準にされたり、ギャラの多寡に関係したり。現状日本では経済力を握っているのは圧倒的に男ですので、場合によっ

ては、男が女の経済を支配したり、つまり生殺与奪の権利まで握ってしまうこともあり得ます。こうなると、女は黙ってはいられない、お叱りの言葉を飛ばさざるを得ないのです。
純粋に言った言葉はＯＫで、そうでない意味が含まれると大問題、というややこしい言葉であるわけですね。〝美人が好き〟という言葉は。

女から、男の話に目を向けます。男が美人好き、ということは音楽教室にもあてはまります。中小の音楽教室では、〝色々な楽器が習えますよ〟と大人にも呼びかけています。大人の男性でよくあるケースは、退職後の趣味で音楽を習う、というものです。この時、音楽や楽器に思い入れがない男性（既婚者など）は、（何を習おうかな）と思うのですが、教室紹介に出ている先生のフォトにも目がいきます。（どうせなら美人の先生がいいかな）などと思ったりします。（教室でマンツーマンで手取り足取り教えてもらえたりしていいな）などと思ったりします。よって、多少、美人の先生の方に生徒さんが集まりやすい傾向があるようです。この場合は、恋愛関係になって怖いことがある、などと警戒する必要も全くなし、極めて安全で、ちょっと気分がいい程度でしょう。ですが自分の妻には、（露骨には言わないでおこう）位は思うでしょう。美人の先生の方も、音楽をまじめにやってくれるなら、どなたでも歓迎、親切に教えます。この場合の発言は〝純粋美人好き〟と分類してもよいでしょう。

美人について、また、ある文学者の本から思い出した文があります。

男が一人でバスに乗っていた、するとある停留所から5人の友達同士と思われる若い女たちが乗ってきて、皆吊革につかまった。男は5人をよく眺めて、どの女に声をかけようか考えた。5人の美人度は、5、4、3、2、1となっている、5が一番のかなりの美人、3は並、1はブス、彼の結論は、4の美人を選んだ、なぜ5のかなりの美人を選ばないのか？

その理由が色々書いてあるわけですが、5には相手にされない可能性があり怖い、5には競争相手が多そうでそれも手ごわい、だからと言って3以下ではつまらぬ、云々。

著者は、永井荷風さんです。

なるほど、男性の多くの方にあてはまりそうだな、と私は納得してしまいました。

またまた永井さんの文章のタイトルが思い出せず、探せず。お許しを乞います。

それに関し、今度は、男の生徒さん（20歳位の独身）の発言です。

「オレは、美人には注意してる」

その意味は、美人に軽々しく近寄ると、色々怖いことが待っている、ということのようですが、裏返すと、美人でない人には、警戒心なく近寄れる、と言っているようです。具体的に何の怖いことが待っているの？　ということですが、何だかわからないような怖さで、だから怖いのでしょう。

永井さんの文章が、一つここでも裏付けられたようです。

でも実際は、それを逆手にとって、

「私は不美人だから、安心して」

と近寄り、独身、孤独の男性からお金を（命まで？）易々頂戴したという事件もありましたね。男からすると、

「どっちにしても女は怖い」

ということになってしまうのでしょうか？

では、女が男を選ぶ時は、やはり先程の4、の男なのか？　ここで思い出すのは、〝福

山ショック〟事件です。福山雅治さんという、男女に人気のある歌手、俳優の方がいますが、この方は、ある女たちから見ると、〝結婚したい男性ナンバーワン〟になるようなのです。この方がずっと独身で、女たちに希望を持ち続けさせていたのですが、〝結婚する〟という発表が昼間流れました、何と都内の電光掲示板にも出たそうです。すると、会社勤めの女子社員が、急に、

「体調を崩したので早退します」

と続々と何人も何人も申し出た、という事件が、〝福山ショック〟というものです。

生徒さんの中にも、

「恋人になりたいけれど、福山さんにはちょっと気になる性格のところがあって……」

と発言した女性がいて、私はとっさに反応できませんでした。

これ、女は、4ではなく、5を目指しているのでは？　と思わせます。競争相手の数の多さ、問題にせず（競争相手に勝ってやる、という意気込みか）、確率の低さ、気にせず、たとえ0・0001%の可能性であっても、最後まであきらめない、一番気に入っている人をものにしたい、と思うすごさ。

男性で、好きなタレントが結婚したからといって、寝込んだ、とか、会社を早退した、

などという例はあるのでしょうか、少なくとも、私は聞いたことがありません。

（念のために言っておきます、女にも色々いて、みんなが全部〝福山ショック〟を受けるような人というわけではありません）

（またちなみに、福山さんは、男の客だけＯＫのコンサートをやって、チケット完売できる力をお持ちです）


ここでこの話を、音楽提供する方のプロダクション側から考えてみますと、〝（美形）タレントは結婚していない方が人気が出る、イコール利益が上がる〟という経済論理が成り立ってしまいます。これは、女、男、両方にあてはまります。

生徒さんの発言を話します。彼女は私の教室のボーカルの先生の生徒さん、20歳位、恋人ができたばかりで幸せ感にあふれています、恋人はレッスンの時も、往き帰りついて来ていて、私にも紹介されました。都内でライブ活動もしはじめました。ある時私は相談を受けました。

「あるプロダクションの人から、プロを目指さないか、面倒を見てやる、ただし条件は今付き合っている男と別れること、と言われて迷っています」

ということでした。やはりプロダクションからはこう言われるのです。男との幸せ（な未来）をとるか、歌手として、人気と収入を得る可能性をとるか？　という選択を迫られるのです。ちなみに私の返答、

「最後は自分で考えて」

というごくあたり前なものでしたが、心の中は、普通の親御さんと同じ、（危険な綱渡りより、着実な幸せをとってほしい）でありました。

ここまで、美人、美形男子、と書いてきましたが、決まり切った美人、決まり切った美形男子がいるわけではないことは当然のことです。男女共美人とは何か？　とは難しい問題で、昔と今で違うでしょ、とか、世界の民族で好みが違うでしょ、とか、人によって感性が違うでしょ、とか、この問題に関する美の研究専門家もおられるわけです。

ここにも、色んな話があって、尽きそうもありません。

ここでは、私が生きて来て、美について感じたことを述べさせていただきます。

子供のころや、若いころの私は、人の美には顔が一番大切だと思っていました。が、年

取るとともに身体のスタイルの方が大切かも、と重点の置き方が移ってきました。

おなかの出っ張り、皮膚のたるんだ身体、に美を感じる男女はいますでしょうか（ここで言うおなかの出っ張りとは、もちろんお相撲さんや妊婦さんなどのことは除く、怠惰からくるものです）？　背中が丸くなって、うつむき加減で歩いてる姿に、素敵な人、と思う男女はいますでしょうか？

また、若い時には観点になかった第3の要素の重要性にも気付きました。それは〝声〟〝声美人〟です。次に話し方も。声に惚れるということもあります。

2000年以降、声優さんの人気はうなぎのぼり。声優さんのソロコンサートには、たくさんの人が集まっています。声から惚れた人がお客となっているのです。

ここで、『もてない男』の著者は、竹下景子さんのファンということでしたので、ちょっと想像してみます、きれいな竹下さんが例えば、ガラガラ声の持ち主だったとする、この時点でファンは減りそうです、その上、

「あんたサー、またドジったの、なんて間抜けな男なのさ」

などと椅子の上で足でも組みながらガーガー言ったと想像するだに、ファンが激減しそうです。もうここまでくるとこれ、竹下さんとは言えない。

つまりは、人間の美は、色々な要素から成り立ち、そしてその総合力でできている、ということが言えそうです。

また、美人は、ずっと美人でいるわけではなく、変動することもわかります。鏡を見て、自分に対し、今日はいけてる、と思う時と、わぁ、今日の自分はブス、と思う時があって、かなりの差ありです。また、年取って、昔より容色衰えガックリ、と思わせる人と、昔より感じよく、美人に見える、と思わせる人が、皆さんの周りでもいませんか？　ＴＶの男優、女優さんにも色んな方がいると感じます。必ずしも若い時の方が皆美しいとは言えないのではないかと思います。

恋愛は日本に多いの少ないの？　夫婦愛は日本に多いの少ないの？

さて〝もてる人、もてない人〟〝美人について〟の話をしてきましたが、次の話題に移ります。『もてない男』の書の中に、Ｊ・Ｐｏｐやドラマ、映画、アニメ、小説にたくさん出てくる〝恋愛〟、でも自分の周りを見回すとそんなものの存在は少ないと思う、というようなことが書いてありました。

まさに、少ない、と私も思うのです。日本の中に。〝恋愛は現実の世には少ない〟という話題を話していきます。


生徒さんや、業者の人と話すと、少しは恋や、失恋、の話が聞こえてきます。ですが、少ない。例えば、失恋してしまってショックを受けた20歳代の男の音楽やっている人は、その後、「何の話もない」

と言っていますが、失恋からゆうに5年は経過しています。さらに30歳を超えた男となると、

「昔恋をしたことはあったけれど、今は何もない」

と言う独身者に多く出会います。この話は、男性のケースを聞くことの方がずっと多いです。

生徒さんから聞こえてくるのは、

「うちの息子、30歳をとうに超えて、まだ結婚相手が見つからない、心配です」

とか、

「私の兄（や弟）30歳を超えているのですが、家にばかりいて（仕事だけには出かける）誰とも付き合おうとしない、あれじゃ、結婚できない」

という話の数々。


知り合いになったライブハウスの店長をやっていた男性の発言を紹介します。そのライブハウスは、自作自演が多い場所でありましたが、自作の中には、恋だ、愛だ、という内容のものが多いのです、このことは、このライブハウスに限ったことではないでしょう。彼はこのような歌を毎日たくさん聞いている内に、だんだん反発心が出てきたそうです。

「歌のように、みんな本当に恋だ、愛だ、ってやってるのか、やってないんじゃないのか、と思う」

と言っていました。


古今東西、恋の歌、愛の歌はものすごく多く、これからもまだまだ作られていきそうな様子です。Ｊ・Ｐｏｐでは、特に２０００年以降、このジャンルの割合が増した、と言えます。というより、ジャンル数が少なくなりました。以前は、青春謳歌、反戦歌、ご当地歌、他にもあるでしょう、もっと色々あったのですが（２０２０年前頃からプロダクションを経由しないネット発信の音楽家が注目されはじめ、ジャンル、歌い方など新しい傾向は出てきました、ここには一つ注目できますが）。

それはともかく、現実の世の中では、恋、愛、が少ないのに、歌その他の世界では、恋、愛、が多い、この現象をどう解釈すればよいのでしょうか？

私は、このことに早急な答えを出すのはよそう、と思います。色々な方の考えも聞いてみたいと思います。

では、何故恋愛が少ないのか、という疑問がわいてきます。この問いを考える時には、少ないのか、と考えるよりも、何故恋愛が生まれるのか、と考えた方がよさそうに思います。

この問題に関しては、色々な方の考察や発言があることでしょう。ここでは私の考察も聞いていただこうと思います。

まず知りたいことは、日本の歴史上、恋愛はどの程度存在したのか？　上流階級と庶民では違ったのか？　お見合い制度はいつからあったのか？　等です。

もし、恋愛が昔から少なかったお国柄だとすれば、戦後自由恋愛が大っぴらになったからといって、すぐに恋愛が盛んになる国になるとは思えません。歴史と伝統、人間はすぐには変われないと思います。ここで思い出すのは、色々な人が伝えている、外国の男女の付き合い上手のありようです。

サンバ祭りで踊りながら、相手に付き合いを申し込むブラジル。その日の内に、性関係までいくこともザラとか。国名はわかりませんが、アフリカで、やはり踊りで男女数人ずつ向かい合って踊り、踊りが終わるまでに必ずカップルをつくるやり方（集団見合いを踊りながらするのです）。イタリアやフランスの男が、レストランやエレベーターで会った知らない女に必ず（できるだけ）声をかける習慣（小さいころからのしつけとも聞いています）。ホームパーティを開く（必ず男女混じる）のが日常であると聞くＵＳＡ（アメリカ）。

どれも何だか楽しそう。音楽があったりしてかっこいい。これ民族の知恵や工夫ですよね。日本には何があるのか？

そういえば思い出しました。千年ほど昔、和歌のやり取りがあった、これ上流階級だけでしょうけど。今消えている。私も周りで見たことも聞いたこともないです。自分も、和歌など詠めないし。今、E-mailなどでどういう言葉が行き来されているか知りませんが、和歌なんていいではないか、露骨に〝好き〟と書くより、言いやすく、また、お断りもしやすいのではないか、というのが、私の夢想です。

しかし、現日本では、恋愛が起こりやすい文化土壌があるとは見えません。このままでいいのでしょうか？　どうなればいいのでしょうか、どうすればいいのでしょうか？

恋愛がない、結婚しづらい、という男女に対し、〝努力が足りないからだ〟という批判も耳にしますが、それにあてはまる場合もあると思いますが、それ以前に、文化環境が貧弱という問題も考えないとなぁ、と思うのです。

ここで、少子化対策をうたう政府に一言。

少子化対策を考える際に、日本の現状を知ってほしいです。上記のごとく、とにかく恋愛が少なく、結婚しにくい日本。経済的に結婚しにくい男性が多い、ということは知られてきていますが、それを含め大変な世の中なのです。この内実を知らずに、対策を打ってもその対策は空振りに終わるでしょう（２０２２年時点の政府の発表では、生涯結婚しない人、男性25％、女性16％だそうです、この数字日本人の皆さんはどう感じますか？　私は世の中どうなっていくんだろう？　と穏やかな気持ちにはなれません）。

では、結婚している人の状況はどうなの？　ということに、次に目がいきます。

結婚して、新婚時代を過ぎた夫婦に、恋、という言葉は皆さんあまり使いません。愛の方は、夫婦愛、と言うとしっくりくる気がします。くだけて言って、仲いいのか、よくないのか、ですが、離婚までいっていないが、仲よくない夫婦もたくさん見ました。

音楽教室で何がわかるの？ということですが、

「うちのお父さんとお母さんは、すごく仲が悪いの」

と10歳代位の生徒さんが発言してくるのです。仲の悪い内容の説明付きで。また、独身の頃から、生徒さんだった人の結婚後の報告も聞こえてきます。〝結婚生活がうまくいっていない〟など。

いったい、この日本、仲いい夫婦、とそうではない夫婦とどちらが多いのか？　と私は気になってきました。音楽の仕事には関係ないが、人として世の中を知るのに大切でないことはない、という思いもあります。しかしそんな統計はあるわけないし、統計もとれないでしょう。

悪い、と一言で言っても、離婚スレスレのものから、離婚は考えてないが仲いいとも言い難い、というものなど、段階もあります。

そこで、自分の周りを見回して、どっちが多いか、という感触だけで判断することになり、生徒さんに、〝周りの知人見てどう思う？〟と聞いたのですが、多くの人の回答は、仲いい夫婦の割合15％、そうでもない、85％でした。

残念な数字。恋愛が少なく、独身が多いだけでなく、夫婦にも愛が少ない日本、ということになります。なんだか、日本という国が暗く見えてきてしまいました。活力の少ない国と感じてきてしまいました。本当は、多くの人が、ときめく恋愛をしたり、愛に包まれた、安定した家庭生活を送って、憂いなく世で活動したりできる世の中が最も良い世の中と言えると思うのに。

暗い話だけでなく、明るいのないの？　と言われそうです。少ないながら生徒さんの中で明るいカップルを紹介します。

カップルの内の一人が、私の教室の生徒さんでした。二人は知り合って気が合い、どの位気が合うのかもっと知りたくなり、そこでお互いが考えたことは、〝私たちは趣味が合う人かどうか趣味を発表し合いましょう〟。その方法は、家で好きな曲10曲をテープ(1990年代の話です)に入れて、交換するというもの。結果、内3曲は全く同じ曲でした。二人は大感激、あとはすんなり結婚までに至りました。

世に星の数ほどある音楽の曲数、そこからたった10曲選ぶ、中で1曲共通するだけでも、奇跡的と言えます、周りの方と試しにやってみるといいと思います。たとえば、私ジャズが好き、という人同士でやっても、10曲に限定すると共通曲はなかなか出てこないものです。

そして10曲中3曲が共通していた二人の残り7曲は、お互い同士やっぱりお気に召した曲でありました。3曲も合う人たちの感性なら、そうなることでしょう。このカップルの話は、これまでの仲いいカップルの中でも、私にはかなり印象が強いものでした。

もう一つ、明るい方の例、すごくもてる男のミュージシャンの話。『もてない男』の書の中に女にもてたいからミュージシャンになる男がいる、というようなことが書いてありましたが、目のあたりにしています。

彼に私が、

「もてたいから音楽やってる男のミュージシャンがいるんだよね」

と言ったら、

「何言ってるの、それ違う、男はみんなそうなんだよ」

と考えの訂正をせまられました。私は、目の見えない男性で楽器を友達としているとい
う方の演奏を聴いたことがありましたので、再訂正をせまりましたが。

それはともかく、音楽で食っていくことが本当に大変な人生を送っている中、女の獲得
の方は成功した彼であります。

私の音楽教室主催の飲み会でのこと、20歳代の男たちもいました、若い男たちは今、一
人の女とうまくいってる、いってない、などとやっている人生の季節です。そこにもてる
ミュージシャン登場。

「もてる先輩が来た、先輩に女との付き合い方聞いてみない？」

と私が言う。そばに来たもてるミュージシャンが言った、

「おれそんなにもてないよ、今まで30人（！）程度だから」

それを聞いた周りの人は、口あんぐり。

付き合った中身はもちろん性愛です。やっぱりミュージジシャンはもてる、ではどうやって付き合ったか？

ライブですよね。彼（独身）のライブに女性客が集まる、舞台でプレイ中、彼は客を見渡す、（今日どの女にしようかな）と思う、演奏終了後、彼のもとに何人かの女が寄って来る、彼が声をかける、その後デート、その次……となるようです。

もちろんレベルの高い音楽能力と、舞台パフォーマンスを鍛え持っていることが前提です。イケメンだからということで集まったお客さんたちではないのです。

話には聞いていたのですが、本当にこういうことがあるんだな、と思いました。ミュージシャンの勝ち。恋、愛、が少ない日本と書いてきましたが、片寄ってここにはそれが多いのでした。

妾、愛人、不倫、の様々な例

次に行きます。〝もてる人、もてない人〟〝美人について〟〝恋愛、夫婦愛が少ない日本〟と話してきましたが、『もてない男』の書にありました〝妾、愛人〟の話題に移ります。そこに〝不倫〟という言葉も付け加えましょう。

これまた、音楽教室でこんなこともしゃべってるの？　と思われるでしょうが、あるんですよね。

私が講師になりはじめの頃、同業の講師から聞きました。

「夫が浮気してるみたいと悩んでいる生徒さんの話を聞いてあげてるの」の言葉。私は当時20歳代、同業の講師も私より年若の20歳代、生徒さんは30歳代位でしょう。

私は当時この話を聞いて驚きました。私は実力を磨いてこの世界に入った、人生相談をやりに来てるのではない、まずバカにしないでくれ、という感じが一番に来ました。次にたとえ人生相談をするにしても、いきなり浮気問題などという重めな話なのか、という驚き、しかも年若な講師に向かってか、という感じ。

ここではじめの方に書いた、今自分の教室が人生相談込教室になってしまっている、ということを覚えていただいている方には、あれ、人生相談は嫌いなの好きなの？　と思われることでしょう。

説明します、若いころ嫌いだったのが、ある年齢からＯＫに変わったのです。どうして変わったのかは後述します。

逆に、生徒さんがよく色々なことを話すね、と思われる方もあるでしょう、私は考察しました、人々が何か問題を聞いて欲しい時、誰に聞いてもらうか？　夫妻親子兄弟姉妹、親族、友達、ご近所、学校の先生、職場の人……この中に聞いてくれるいい人がいればそれは結構なことです。しかしながら、ここには、利害関係が少なからず存在することが多いです。

夫妻親子兄弟姉妹だと四六時中この話題がつきまとい、うっとうしいことがある。親族だといつ他の親族に知られるかわからない。近所には家の内実は知られない方が長く付き合いやすいだろう。学校の先生にはどう思われるかわからない、成績に響くかもしれない。職場の人とは仕事上ライバルでもある。それらの中では、友達がいいのですが、皆が皆聞いてくれる友達を持っているのか？　案外みんな友達が少ないのではないか？

というわけで、四六時中会うわけではなく、話が自分の知り合いに漏れる恐れもなく、利害関係には１００％ならず、絶対に味方になってくれて、1対1になれる個人レッスンの音楽の先生に話しやすい、ということになるようなのです。まず、絶対に味方になってくれます。音楽教室の生徒と先生になったら、その時点で、

「私（先生）は、あなたの味方になります」

と言っていることと同じです。音楽がんばってね、と人生がんばってね、とはつながるのです。

私は、町の音楽教師になって、初めて、世の中ってこうできているのだなぁと知りました。ここしか話し相手がないのか、と気付いた時に、（まあ、聞いてあげるのも世のためか）と思いました。話している時間は、あくまでレッスン時間内です。同業者に聞くと、例えば30分レッスンの中で、25分間が話で、５分間が音楽ということもままあるとのこと。

生徒さん本人は、それで満足なのだそうです。レッスン代に変更なし、です。

次の例、10歳代の生徒さんからの話。〝お父さん、浮気しちゃダメ、お母さんを大切にして〟と娘の立場から念を押したという話。彼女は思春期を迎えて、世の男が浮気して、配偶者の女を苦しめている例など知るようになって、心配になったのでしょう。するとその父さんが返した言葉は、

「浮気浮気って、浮気には金がかかるんだよ、父さんには金がないから浮気はできないんだよ、お前たちにかける金で精いっぱいだ」

だったとのことです。彼女はそれを聞いて安心した、自分の家が、（幸い？）急にお金持ちになったりしなさそうだし、と一瞬に思いました。お父さんは戦後生まれ、娘さんは平成生まれです。

私はこれを聞いて、日本は昔と変わったな、少なくともこの点に関しては、良くなった、と思いました。私の若いころの戦前生まれのお父さん、おじいさん世代は、家に金を入れずに、浮気、愛人づくり、をするケースがたくさん見受けられたからです。残されたお母さん（妻）は、内職したり、微々たる収入で何とか子供を育てたり、ものすごい苦労を背

負った人がたくさんいたからです。今のお父さんは、家にちゃんとお金を入れるのです。

ここで読書から得た知識を一つ。実際にあった話だそうです。

妾、という言葉の中には、確かに〝経済で支えられている存在〟という意味がこもります。

明治時代、男女不平等な法律もあり、実際、男女ははっきり不平等であったわけですが、お金持ちの男には、大っぴらにお妾さんがいた、という社会でありました。その背景の中で、ある金持ちの男が18人のお妾さんを持った、という話があり、もちろんすべて住む家は与えてあり、各子供も生まれ、生活費も与えていた、のですが、この男には目的がありました、会社の支店を持ちたかったのです。今で言う、チェーン店システムを作りたかった。もちろん、18の自分名義の店を持ちました、店長はそのお妾さんまたはその子供。元手をかけて、収益をあげ、結局は、黒字になったのだとか。

この話が出ている書の名前は忘れました。18人もいるとなると、

「誰が一番好きなの？」

とか、

「愛が最近少なくなってきた気がする、不満」

とか、問題になることも少ないであろう、と思われます。女の方も割り切って、商売に熱をあげていたのかもしれません。

どちらにしても、こと妾、に関しては経済力が必要で、確かにお金のない男には縁がないことになるようですね。令和の今は、妾さん存在するのでしょうか？

音楽の先生たちはどうなのか、ですが、先生と生徒の間や先生同士での、色恋話、愛人話はあります。きれいに、先生と生徒の間で恋愛、結婚、というケースもあるのですが、妻がいるのに、男の音楽の先生が女の生徒や女の同業者と仲よくなった、とか、生徒同士で先生の取り合いになって誰々が勝ったとか、離婚までして生徒と再婚したとか、夫がいるのに、自分が習っている男の先生と性愛までに至ったとか、夫がいる女の先生と独身の男の先生との浮気とか、思えば、色々なことが耳に入ってきたなぁ、と思います。

このことまで、恋、愛、に数えてよいなら、恋、愛、も少ないとは言えないでしょう。

しかし、ここで言うのは、独身同士の恋愛から、周囲に認められ、祝福される結婚にいたるコースをたどらない裏街道の話です。

そういえば、夫がいる女の先生と不倫（性愛）した男の先生が言っていたことを、思い出しました。

「結婚してない若い女の子より、結婚している女の方がいいなぁ、何故って、結婚している女の方が色々な面で、男のあしらい方を知ってるんだから、こっちも心地いい」

とのこと。ここからも、結婚している人の方に軍配が上がってしまいました。

どうして、音楽の先生同士そんな話になるの？　と思われるでしょう、それは、まずは、

「この音楽のアレンジどうしようかと思っているんだけど、アイディアいただける？」

とこちらからもちかけた話をします。そのうちにだんだん、

になって、

「この業界でやっていくのは大変だ」

になって、

「女はいいなぁ、旦那がいれば旦那の収入も入るんだろ」

になって、

「自分（男）は、こういう女がいいんだけど、こういう女は付き合いづらい」

「実は何々先生と付き合ってるんだ」

という風に進んでいって、先の発言が飛び出したのです。

彼からすれば私は話して無害な女なのでしょう。無害とは口外しない、曲げて解釈しない、いちいち反論して突っかからない、ということでしょうか（だからと言って私は何でもイエスマンではありません、念のため）。


上記、色恋、愛人話には、だいたい、女の生徒と男の先生のケースが多いようですが、ある同業者に言わせると、これは、当然なことだそうです。私は同業者に、

「音楽の先生と、恋愛、結婚の相手は別な気がするなぁ」

と言ったところ、長い時間をかけて、猛烈に彼女は私に説教してきました。

「あなた、その考えは間違ってる。先生の音楽がいいと思って習ってるんでしょ、音楽にはその人間の内容が入ってるの、先生の音楽が好き、ということは、先生の人間が好きということなの、でなければ、何かが嘘なの」

私のこの時の返事は、何かは口に出しましたが、力弱く、実は、未だにしっかりとは反論できないのです。

そしてまた私はこの時彼女に、夫がいる女が、男の先生と恋人になるケースについて、

質問することを忘れました。この場合の夫とは、どういう存在になるわけ？

現在の私の気持ちは、こうです、いくら先生の音楽が好きでも、それよりももっと私は、たとえ下手でも自分の音楽が一番好きなのではないかと思う、ということ。


また、男の先生に習っている女の生徒さんからの発言、

「私の先生、奥さんがいるんだけど女の生徒との間に浮いた話が全く出ないの、つまらないの」

別に自分に振り向いて欲しいと言っているわけではないのですが、先生にこう思ってしまう人もいるのです。

世の多くの人はたぶん反対の気持ちでしょうね、（先生は変な色目を向けてこないから安心して習える）と、本人も、親御さんたちも思う人が多いに違いないのですが。

先生に色恋話を期待する生徒は、（先生はもてて欲しい）と思っているのでしょうか。もてると先生の価値がアップするのでしょうか。音楽やってる人特有の感覚でしょうか。

生徒さんで、不倫に悩んでいる人もいました。20歳代女性、恋人ができて喜んだのも束

の間、

「彼にはれっきとした妻がいました、どうして私はいつもこういう人と、こうなってしまうんだろう」

という悩みでした。私、即答はできず。

ただ彼女の家庭事情は複雑で、父親に愛人あり、しかも自宅にも連れて来る。母親はショックで精神をやられ、家事放棄状態になってしまったというのです。

「朝食はどうするの？」

と聞くと、

「朝、太陽が上がるか上がらない頃起きて、近所の人が寝ている間に、（彼女が）コンビニにお弁当を買いに行く」

とのことでした。悲惨な感じ。

この話で思ったこと。親の不仲で一番傷つくのは誰？　その子供ではないの？　私は、子供を傷つける親は、とても嫌いです。大人が傷ついた話に同情しないわけではないですが、子供の傷ついた話に比べては、同情しない。子供が傷つくということは本当にかわいそうです。子供には何の罪もない。

ということと、親の因果が子に報い、ではないが、子供は親のコピーになってしまいやすいんだなぁ、ということでした。好む、好まないにかかわらず、なってしまう。母親が、夫に浮気されたその娘は、自分も妻帯者と恋をしてしまう、したくはないのに。どこかで、何かを受け継いでしまう、浮気をされやすい何かを持っている人、その何かを、育っている間に娘がもらってしまうのだろう、と思いました。

ほかにも、似た例がありました。生徒さんから。お父さんが外国で知り合った女といい仲になった、そして、家族に隠さず、家の自分の机の上に彼女の写真を飾っている。娘たちは、気分は良くない、〝お母さんを大切にしないお父さんは嫌だ〟という気分のまま同居している。彼女たちの心は、〝男性不信〟というものでした。

「私の姉妹は自分を含めて、恋愛、結婚をできるいい男がいるって思ってないんです。だから、誰とも付き合わないか、妻のいる人と付き合うか、ちょっと付き合って、すぐ別れるか（はじめから遊びのつもり）のどれかなんです」

「いい男なんてこの世にいるんですか？」

これもかわいそう。

子供は親のありようによって、深く傷ついています。親御さんたちわかっているのかなぁ。

今度は、女親が仕返しした例を。

生徒さんの話から。お父さんが、愛人をつくりました。もちろんお母さんと娘（生徒さん）にとって、お父さんは嫌な人です。でも生徒さんは明るかった、

「お母さんもすぐ恋人をつくって、離婚することになりました」

「お母さんの恋人、誰だと思います？　それは、私の家庭教師の先生」

「うちのお母さん、かっこいいでしょ」

とのこと、お父さんに仕返しできたことがうれしかったようです。これで傷を解消したことになったでしょうか。

あと、違う例。教室の生徒さんで40歳代、女性。歌うことがとても好き。

「妻がいる人とずっと付き合っています。半分惰性、半分別れる気はない」

「どうして別れる気がないの」

と私。この答には驚きました。

「男に妻と別れさせて、私の方に本気で向けさせせたい」

とのこと。この気持ちはもの心がついた頃からずっとあるということ。なぜか？

彼女は、見かけは白人系、見かけいわゆる外国人、しゃべると純沖縄イントネーション。

そうです、彼女は沖縄がＵＳＡ（アメリカ）治下時代、米軍兵士と沖縄女性との間に生まれたハーフでした。米軍兵士は本国に妻がいました、プッチーニのお蝶夫人と同じような話です。彼女が物心ついた頃には、父は帰国していて、そして二度と日本に来ることはありませんでした。残された親戚でこの子をうむかうまないか協議、結局かわいそうだからと言ってくれたおばさんがいたおかげで彼女は生まれてきました、沖縄に残されたお母さんは、精神が荒れ、娘が20歳になったころ早死にしました、という絵に描いたような戦後沖縄の（日本の）問題を背負った人でした。

彼女には、お父さんに捨てられた、という恨みがずっと根にあるのです。（妻がいる男をこちらに向けさせたい）という強い思いは、この恨みから出ています。

私はこの人に、軽々、

「愛人関係はやめた方がいい」

とは言えないな、と感じました。

ここで、政治家の皆さんに一言。よく、沖縄の米軍兵士の非行行動が問題になりますが、防衛問題とは別に、非人間的行動問題を何とかできないのでしょうか？　もし、頭が上がらないから、言いたいことも言えないという心理メカニズムが働き、それが日本の国益を守る外交です、などという考えが政治家にあるとしたら、間違っている。日本を守る？日本人を守る？　そのために一部の日本人が犠牲になってもいいと？

ここに書いた沖縄女性の例が、すぐ政治の問題だと言っているわけではありませんが、日本女性が対等な人間として尊厳を大切にされているわけではないのです。軽視されていることは確かなのです、米兵から。

音楽教室の立場からすると、夫が妻一筋という夫婦の妻や夫、夫婦円満な人の子供がレッスンに来てくれるのがうれしいことです、なぜなら、心理的に安定して、集中して、音楽に取り組んでくれるからです。

しかし、上記〝男性不信病〟の女たちは（～ここであえて〝病〟と言います～）、大人になったら、誰にも相談する所などはないのでしょうか、病を治してくれる薬はないのでしょうか、一人で悩んで解決策のないまま、一生を送っていかなくてはならないのでしょうか。ううん、どうも腑に落ちない、という感じを持ちます。

この人たちは、周りの人にも不幸を振りまいてしまう存在でもあるのです。相手の男の妻がいます、その子供もいるでしょう、その他にも色々あるかもしれない。

彼女たちは、薬を求めて音楽教室に来ている面があると感じます。しかし、音楽や音楽教室は病を完治させる力を持っているでしょうか？　否。ある知人の音楽の専門家（男）は言いました、

「彼女たちを完治させる方法は一つしかない、それはいい男と付き合うことだ」

つまり、いい男とは、人間とは裏切らない生き物だと心の底からわからせてくれる男で、その人が現れない限り治らない、ということ。これが、完璧解答でしょう。

ところが実際の世の中はそうできてはいません。いい男といい男でないのと区別できなさそうな女、そして寂しさを人一倍持っている女にまず近寄ってくるのは、（簡単に男に引っ掛かりそうだな）と嗅ぎつけて来るよくない男、そして関わってしまい、悪循環が始まる。

抜け出せないのか……

抜け出せないのか、と書いたところで、『もてない男』の書から刺激を受けて、私の人生からの見聞、感じたこと、考えたことを書いてきたこの文から一旦抜け出そうと思います。この続きを書いていくとまとまりが悪くなりそうです。

書いてみて、私も長く生きて来たんだなぁ、と改めて思いました。書いていくと、次々に色々なことを思い出し、色々な想いも出てきて、それを書きたくなってきます。まだまだ、出てきます。

今までの分を第一章として、まだまだ出てくるものは第二章として書いていこうと思います。

第二章は、『もてない男』から離れた観点から書いていこうと思います。

第二章　『もてない男』の書から離れて

人はなぜ結婚するのか？　9つの説をあげてみた

第二章は、人はなぜ結婚するのか？　からはじめようと思います。この話は直接音楽に関係ないのでは？　と思われるでしょうが、話の中にチョコチョコ音楽関係が混ざってきますのでそれまでこの話題にどうかお付き合い下さい。これまで、色々な方の言葉、書に書いてある言葉、などを思い起こしてみると以下のようになります（ここにあげた以外にもあるかもしれません）。

1の説、古今東西　人間という生き物は男と女が一対になって家庭を営むことになってい

るのだ、神様がそう決めているのだ、というもの

日本でも『古事記』の国産みのところに、イザナギ、イザナミの神様の性愛から日本というクニができたと書いてあるということです、日本の始まりから男女一対が基本となっている、物事の始まりは男女の一対から　ということなのでしょうか。

ここで、〝私は無宗教です〟と言われる方もおられましょうが、そんな方でも、神社に行ってお賽銭を上げたり、柏手を打ったり……そこに祀られている神様は、イザナギ、イザナミだったりしています。

2の説、好きになった人と、ずっといっしょにいたいから、離れたくないから、というもの（異性間の性的引力があるということ）

3の説、子どもが欲しいから、というもの

この中には、純粋に子どもが好きというものと、自分の子孫を世に残したいから（自分の血を絶やしたくないから）、というものがあるようです。

4の説、くつろぐ場所、安らぎの場所が欲しいから、というもの

一人暮らしは安らげないの？　ということですが、ここで私が思い出す言葉があります。何百回と結婚式場で式場演奏の仕事をしていた私が、聞くともなく耳に入った祝辞の言葉に決まったものがいくつかありました、その内の一つ、〝家庭とは、喜びは二倍になり、悲しみ苦しみは二分の一にしてくれる良いものです〟という言葉、そうだろうな、と素直にうなずける言葉でありました。一人の時より、気分がだいぶ楽になるのですね。

5の説、4と同じようなことですが、人生を応援してくれる人が近くにいて欲しいから、というもの

生徒さんの音楽発表会に来て、家族の演奏のビデオ撮影したり、家族の演奏を聴いて〝よかったよ〟と言ってくれたり、発表会を主宰する女性の旦那様が、楽器運搬の手伝いをしたり、……応援してもらえれば生きる元気が出てきます。

6の説、孤独はいやだから、というもの、また困った時にすぐ近くに人がいて助けて欲しいから、というもの

7の説、人と暮らすと楽しいから、というもの

8の説、人間として一人前になりたい（＝独身だと一人前になれない）から、というもの

9の説、一人暮らしより、二人以上で暮らした方が経済的に安く上がる（共有スペース、共有物が持てる分だけ）、というもの

この説は、1～8の説の本質論というより、副産物とみるべきでしょう。

ここまで書いて来て、1、2、3以外は、どうしても女と男でなければならないわけではない、と気付きます。中には、男と男、女と女の方がより深い強い結びつきが感じられるのだという人もおられることでしょう、それもありでしょう。ですがその方々も、一人よりは二人以上がいいと思っているわけですね。

人はこの1～9の説、（説というより欲求と言った方がよいでしょうか？）のどれかか、

または1～9の欲求を少しずつ、色々な割合で持ち、結婚したり、結婚を希望したりしているのではないかと思われます、もちろん私も1～9の中にあてはまって、結婚に至っています。

孤独は嫌だから結婚するという説にまつわるいくつかの話

この中で、6、孤独はイヤだ、困った時に誰かいて欲しいについて思い出すことがあります、『もてない男』にもこの話題が書いてありました。ある楽器店の店長をしていた男性の話。50歳代、結婚歴なし、一人暮らし。夜中に突然胃痙攣が起きた、90年代の話なので、家にあるのは固定電話のみ、〝すぐそばにある電話に手が届かず、（というより体を全く動かすことができず）一晩中苦しんだ〟という話、一人暮らしはつらい、というお話でした。

ここで、現代の若い人たち（例えば平成生まれの人たち）は、今は携帯、スマホがあるから大丈夫、と思われることでしょうが、私の経験を語ります。いつものように近くに携帯を置いておいた、枕からおよそ50㎝といった距離。情けなくも腰をやられた時、電話が鳴った、手をのばしたが、あと10㎝というところでどうしても体が動かせず、虚しく携帯の呼び音を聞いていた、ということもありましたので、携帯だからと言って油断はできず。

音楽教師の先輩男性の話。音楽を職業にするということは、多くの音楽人は日本では収入が平均より低いということであります。彼は40歳になってやっとこれで経済的に結婚できるようになったと思い、うまくやっていけるかもしれないという女性を知って（＝高収入でなきゃイヤだと言わない女性）結婚しました。が、数年で違う男性と一緒になって女性に逃げられました。一緒に逃げた男性の方も高収入ではなかったのですが。

ところで、こういう話を聞いた時どう対応すればよいのでしょう。「ご愁傷さま」？日本語としておかしいですよね、「まあそれは」？　日本語にはあいまいな表現があって、こんな何を言っているのかわからない言葉がいいのですかね、それとも「お気の毒に」ですか？

彼は50歳になって、やっぱり誰でもいいから、誰かいて欲しいと思うようで、「茶飲み友達でいいから、いて欲しい」

と言っていました。

ここまでの話では、やっぱり結婚っていいものですねとなりますが、では、結婚していれば孤独はなくなりすべて解決かと言うと、そうも言えないようです。その例をいくつか。

同業者の音楽講師が私に語ったこと。彼女は10歳程年上の男性と結婚し、男女一人ずつのお子さんも小学生高学年まで育ち、夫婦共に仕事もうまくいき、家庭に何の問題も抱えておらず（グランドピアノやオルガンとその音楽室もあり）、ある人から見れば〝うらやましいご家庭〟と言ってもいい家庭生活を営んでいました、ここまでうまく来て、最近彼女が考えることは、（死ぬ前はやっぱり孤独なのね）ということでした。

「年齢差が10歳ということは、日本の男は女より大体平均で5歳早く死ぬから、私の場合、15年間も孤独なのよね、それを考えると不安だ（イヤだ）」

と言っていました。

音楽をしている人ではないですが、60歳代のご夫婦で、今まで元気だった夫が余命半年と言われ、その通りになってしまってひとり残されたという女性がいました。

「毎日毎日さみしさに泣いています」

と言って、私の前でもハンカチを眼にあてます。

「死んでから愛ってどういうものかわかった、あの人は私を愛してくれていた」

とも言いました。

この言葉には何も言えない私でした。世の中にはどういう言葉で対応すればよいかわからないことがあります。お子様たちはいますが、お子様の存在ではさみしさは埋まらないのですね。

この問題（配偶者の死後孤独になる事態）、日本を見回すと少なくない問題だと思いますが、本当にどうすればいいのでしょう。

時々、一人になって新しい環境で気丈に暮らしておられる人の話を聞くと、聞いただけでその人に尊敬心が湧いてくる私です。

音楽やっている若い20歳代の男性（結婚している）のお母さんが、60歳位で急死した時の話です。残されたお父さんと子ども夫婦は離れて暮らしています。お母さんが亡くなった後、心配した子ども夫婦は、時々お父さんの様子を見に行きました。ある時お父さんを見に行った子どもの妻が（彼女から見れば義理の父にあたる）見たものは、ソファに何もしないで座っている（TVなどを見ているわけではない、放心状態といった感じの）お義父さんと、お義父さんの前のテーブルの上にあった、パンを食べた跡らしい中身の抜けた袋が一つ二つでした。

「お義父さん、こんな食事じゃだめですよ」

と言って台所に急いで行って、食事を作って食べさせたということでした。

40歳代の生徒さんで、お子様あり、旦那様が単身赴任となり夫と遠くに離れて暮らしはじめた女性がいました。離れて暮らす女性は、

「さみしくて毎日泣いています」

と言っていました。

「いなくなってみると、毎日横にいてくれるだけでいい、話をうなずいて聞いてくれるだけでいい、それがすごくありがたいとわかった」

と言っていました、子どもでは代役にはならないそうです。また、離れて暮らさないで

一緒に行けばいいのに、という考えもあると思いますが、お子さんの学校の転校がどうの、など色々厄介なこともあったのでしょう。

ここまで、結婚して孤独ではなくなったからと言って、死別、離別、もあり、半永久的なものではない、ということが言えた例でした。

以上あげた夫婦の例は仲のいい夫婦の例と言えるでしょう。第一章に書いた、本当に仲のいい夫婦は日本の15％、という私の仮説によるとその15％に入る方たちです。

仲の悪い夫婦はどうか、またさほど仲よくない夫婦の孤独感はどうか、も書いておきます。結婚した当初は、仲が悪くなることを想定して結婚したわけではないでしょうに、どういうわけかいつの間にか仲よくはなくなった人たちの話です。

戦前生まれのご夫婦の内、女性の方が音楽教室に通って来ていました、70歳代。長い間彼女の夫は脳梗塞のため車椅子生活、彼女が面倒を見ていました、その男性は戦前生まれによくありがちな、妻に対して命令口調、自分の思った通りにならないと怒り出す、という人だったそうで、ついに亡くなった時、私がお悔やみを申し上げると、

「死んでくれてうれしいの、これでやっとせいせいして好きなこと（音楽含む）ができます」

と晴れ晴れしたお顔で言っていました。死んでくれてうれしいなんて言う夫婦もあるのですね。若い世代から言えば、

「そんな人となぜ結婚したの？」

となるところですが、車椅子の介護はそこまで大変なのだとも言えるし、そこは昔の時代、男を選ぼうにもほとんどの男が皆似たり寄ったりだったのかもしれません。

そこまで仲が悪くなくても〝亭主元気（丈夫）で留守がいい……〟というＣＭキャッチコピーが大はやりした日本です、あてはまる例はいくつか周りにもありました。その内のひとつ。

20歳代の生徒さん、お父さんは単身赴任、家によく電話をかけてきたそうです。携帯電話もありましたが、さほど普及していない頃で、

「うちのお母さんは、『用は何？　それだけ？　じゃあ切るわよ』と言って短く電話を切るの、お父さんは子どもたちの声も聞きたがるんだけど、お母さんは、『子どもたちは今

忙しいから』と言って、子どもを電話口に呼ばないの」

と言っていました。彼女は、お父さんちょっとかわいそう、と思っているようでしたが、この場合は男性の方に同情せざるを得ないと思ってしまいます、私は。


あとは、生徒さんや、知り合いになったアマチュアバンドをやっている男性の話。

まず生徒さん、20歳代からの話。

「家のお母さんは、お父さんの仕事休みの日（お父さんは朝は寝ている）の昼ごはんは、いつもラーメンって決まってるの。それ以外のメニューは絶対作らないって決めてるみたい」

と言っていました、もちろんお父さんのリクエストでこうなっているのではなく、そしてお父さんは一人静かに食べているのだそうです。仲はよくないそうですが、会話もなく、この食事の感じ、なんだかうすら寒い感じがしますよね。

バンドの男性の方の話は、

「うちは朝は夫婦で一緒に食べるけれど、夕飯は一人ずつ、絶対に一緒に食べない（妻が一緒に食べてくれない）」

と言っていました、同時に在宅しているのですが、食べる部屋が別、ということらしいです。仲悪そうな感じがただよいます。


次は、大変仲の悪い夫婦（仲と呼べるものの存在すら疑わしいもの）、30歳代、女性の生徒さんからの話。彼女は、彼女の夫との関係が不満でパニック障害をよく起こし、バスなどに乗るのが怖い、という状態から進み、ついに入院してしまいました。そこには数人の同病の女性が入院していて（こういう人だけが集まっている病室の存在にまず驚く）、話がお互いわかりあえるというところは居心地良かったそうですが、夜、同病室の人がうなされることはよくあるそうで、ある時、

「足音が聞こえる、怖い」

と震えだした人がいたそうです。他の人たちは、

「どうしたの、大丈夫？」

と気遣いましたが、彼女は、

「夫が来る、怖い」

と言っています。が、他の人たちには足音も聞こえず、もちろん誰も現れないのだそう

です。いわゆるDVにおびえている姿と言えるのでしょう。

このDV問題、知られるようになってから数年たっていますが、苦しんでいる日本の女性は相変わらず少なくないようですね。

生徒さんの場合は、肉体的暴力はなく、精神的不満のみでしたが、

「家で話を聞いてくれたことがなく、すぐ自分の部屋に行って何かをしている」

というのと、

「たまには聞いて下さい、とお願いしても、夫は『君は年がだいぶ若いから年上の私の言うことを聞きなさい、それはこうすればいいんだよ』と言ってまあ5分程度で話を切り上げる」

ということでした、この例、満足感の持てない、ましてやパニック障害を起こしてしまう仲など、何のための結婚だったのか、ということになってしまいます。彼女も音楽に少しの救いのようなものを求めて、音楽教室に近づいてきたようですが、やはり救いにはならず。

ここでまた、〝どうしてこんな人と結婚したの？〟とか〝どうして別れないの？〟とかと言いたくなる人も出てくるでしょうが、この問題に対する専門の本が出ていて、細かい

ことはそちらに書いてあるので、そちらを見ていただくとして、ここでは簡単に書いておきます。まず、結婚前にその人物を見抜くのはそう簡単ではないようだ、ということと、別居や離婚は、置かれている状況によって簡単ではないようだ、とまとめておきます。ここでも女性の経済力の弱さが一つネックになっています。

私は、この生徒さんの息子さんたちが、お父さんのコピーにならないことを祈るばかりです。大きくなって、どこかの娘さんに同じようなイヤな思いをさせるような男性にはならないでほしい、と。

次の生徒さん、20歳代女性とそのお母さんからの話。彼女のお父さんは、バブル崩壊期に会社が倒産して職を失いました（その会社はTVでも何度も放送された有名な会社です）。お父さんは次の職を探しているのですが、その娘たちに言わせると、

「お父さんは起きてくるとコタツにもぐって新聞ばかり読んでるの。『お父さん、毎日出かけて行って職探しして』って言ってるのに」

と不満です。母親から聞いた言葉は、

「一生安定的な生活ができると思って結婚したのに、まさかこんなことになるとは思わな

かった」

でした。ここで、第二章の冒頭に書いた、どうして結婚するかを思い出してみると、このお母さんの欲求は1～9の中に入っていません、これは欲求の中には入れられません、このお母さんはお父さんと結婚したかったのか、お父さんの経済力とその安定性と結婚したかったのか、わかりませんから。

私からの連絡事項があって、家に電話をかけた時（当時、固定電話）、たまたまお父さんが出られて、私が、

「娘さんたちからお話は伺っています」

ということを言っただけなのに、お父さんは、

「家族に色々言われて大変なんです」

と初対面の私にこぼしました。このご家庭はきっと、男は外で仕事、女は内で家事、という古典的な役割分担であったと想像されます。（そういう家がうまくいかないことがあるとこうなってしまうのかな）と思わなくもありませんが、やはり私としては、この場合は男性に同情しました。会社の倒産はお父さんのせいではないし、コタツでTVの役に立たない芸能ニュースをぼんやり見ていたわけでもないし、毎日でなくても、職探しはやっ

ているわけだし。

後に聞いたところ、お父さんは、日本人男性の平均寿命よりかなり短く、病によりお亡くなりになったそうです、それを聞いた私には、（あれから心労がたまって大変だったのかもしれない）などと思えてしまいました。合掌。

以上、仲いい夫婦と仲いいとは言えない夫婦では、かように見える景色がかなり違ってくるようです、仲よくない夫婦は、結婚してるといっても心は孤独なのかな？

これら先輩の話を耳にした後輩が、うまくいっている夫婦の話より、うまくいっていない夫婦の話の方により強いインパクトを与えられてしまったとすれば、（結婚に夢が持てない）と思うのも無理からぬことでありましょう。

死別のあとどうやって生きていく？

6の説について続きます。先程、配偶者の死後孤独になってしまったらどうするか、という問題を書きましたが、これに関して私の見た話を書いてみます。

よくあるお話は、再婚する、という考え方ですが、その例のいくつかを。ただし、私の見た例は、残念ながら祝福されたものではありませんでした。

一つ目、私の音楽教室は2階にありましたが、階段でよく会う同じ階に住んでるおばあさんがいました、見かけはおばあさんでしたが声はどちらかというと声美人、品のあるしゃべり方の方でした。

「音楽っていいですね。遠くに住んでる息子も音楽やってるんですよ」

などと言ってくれます。一人暮らしかなぁと思っていたら、おじいさんも家から出て来て、ああご夫婦だったのね、と思いなおしました。いつのまにか引っ越されて見えなくなり、どうしたのかしらと、やはり同じ2階に住んでいる方に聞きましたら、

「あの人たちは夫婦じゃなかったのよ。どこかで知り合って、おばあさんがおじいさんを連れて来たの」

と教えてくれました、（やるなぁ、ばあさん。こうやって、孤独を解消する手もあるのだ）と思いました。

しかしその後、おじいさんが入院し、おばあさんがお見舞いに病院へ行き、そこでおじ

いさんのお子さまたちとおばあさんが初めて出会いました。そこでの人間関係はうまくいかないものでした。細かい理由は聞いていませんが、お子さまたちは、おじいさんにどこかの知らないおばあさんがついているのが気に入らないようで、結局、おばあさんは離れていったということです。

このケース（子どもたちに反対されて仲をさかれたケース）は昭和の昔からよく聞いた話題で、私がこれまで目にした文章は、〝年寄りの自由を邪魔する権利は若者にはない、若者よ、年寄りに自由を与えよ〟というものばかりでしたが、令和のこの時代でも、まだ年寄りに自由はないようでした。

今度は同じケースで子ども側の生徒さんからの話です、20歳代、女性、独身。大好きなお母さんが病気で亡くなり、彼女は毎日お母さんを思い出して悲しみに暮れていました。喪が明けた時お父さんから言われたのは、

「お父さんは一人暮らしには耐えられない、娘の貴女たちには幸せな結婚をしてほしい（＝お父さんのそばにいてくれとは言えない）。親戚の女性で一人暮らしの人がいるから、その人と故郷で同居するよ」

と言ってその通りにしたということでした。子どもの彼女は不満で仕方がない、一緒に大好きなお母さんの思い出を共有してこれからも生きていきたいと思っているのに。お母さんのことは過去のことにしてしまうなんて。

この話を聞いた皆さんは、どちらに味方しますか？　日本人の人たちはどう感じるのか知りたいと思います。私は、両者の心持ちがわかるような気がするのですが、しかし6：4の割でお父さんの方に同情するかなぁ、何故なら、娘たちは将来〝お母さんの思い出を抱いて一生独身で生きていく〟と誓ったわけではないのに、お父さんにはそれを誓わせるのは不公平な気がするからです。

家族が協力的か否かで人生は180度違ってくる

さて、音楽教室で生徒募集をしている身とすれば、5の説のところに関心があります。音楽することに家族が協力的か否か？　という点に。大人の生徒さんを見る時には、その人の能力がどうの、音楽経験がどうの、というより何より、家族が音楽をどう思っているかにまず目がいきます。それによってその人のその後の音楽生活や音楽力の伸びが見えると思うからです。

「発表会が近い、練習をしなくちゃ」

と言っている彼女に、

「今日は自分の夕飯は自分で作るよ」

と言ってくれる旦那。

「君の特殊能力は演奏できることだよ」

と言ってYouTubeのアップに協力してくれる旦那がいるかと思えば、結婚してアパート暮らしを始める際、

「家は狭いんだから、楽器は置かないでくれ」

と言う旦那がいます。たとえコンパクトな楽器であってもです。彼女は結婚前に音楽学校を出て、少し音楽の仕事をしていたのにもかかわらずです。

また、お子さんが習い始めて、お父さんもギターをやりたくなって、私の教室の先生に紹介してレッスンを始めたまではよかったのですが、しばらくして、

「残念ですが辞めなくてはならなくなりました」

と言った男性がいました。男性の妻に、

「うまくならないのだし、レッスン代がもったいないからこづかいを減らす」

と言い渡されたとのこと。後日、妻である彼女に会ったら、

「家で練習してる傍にいると、何回もつっかえるし聞いてられない」

と言っていました。音楽業に携わっている身に言わせれば、

「アマチュアの人が、習ったその日からよどみなく音楽を奏でるなんてできっこないのだ。音楽家はみんな一歩一歩努力して今があるのだぞ！」

と叫びたくなるところではありますが、私は穏やかに対応しました。この場合も、私は男性の方に同情しました。

ちなみに彼女は、小学校1年生のお子さんが、数週間かかって8小節程度の曲（メリーさんの羊など）を弾けた時には、感激して涙を拭いていた人なのです。対夫、対子どものこの差は何なのだ、ああ。


これらの例を見た方は、協力的と非協力的の差は大変大きいと思われることでしょう。

協力的な家族関係を持っている人は、そうでない人の数倍幸せ感があると見えます。そして気持ちよく音楽やって実力も伸びていきます。

また、これは対子どもについても言えますが、子どもについてはまたの機会に書こうと思います。

結婚している人（男、女）の方が人間力が上なのか？

8の説についても思い出すことがあります。第一章で書いた〝結婚している人の方が人間ができている〟という説です。

私が音楽講師になりたての頃、仕事上で相談したいことが毎日毎日出てきて、周りの人にあたりかまわずという体《てい》で相談していました。特に生徒さんとの付き合い方などを相談していました。相談相手の内の幾人かは、講師の先輩、年齢も20歳以上上の方々、彼女たちは付き合いよく私の話を聞いてくれましたが、言う言葉は、

「あなた幼いわねぇ、そんなこと何でもないじゃないの」

という類のものが多かったです。

彼女たちは結婚してお子さんも大人になっていまして、彼女たちの基本の人生観は〝結婚している人の方が人間ができているにきまってるじゃないの〟ということでした。その理由は、自分のことだけでなく、家族のこと（人間関係を含む）も考えて生きているからということでした。確かになぁ、外での仕事に加え、家事までは一人者と同じ労働量だとして、家族の身の回りの世話、家族の人間関係を考えてあげること、家族のやっていることへの協力（お子さんがいれば音楽教室への送り迎えやＰＴＡの仕事など色々）など、仕事の種類と量が一人者よりぐっと増えます。

習い事の送り迎えをしているお母さんが言っていました、

「自分の人生で知らなかった世界が色々のぞけて面白いです」

と。サッカーをやったことがないお母さんが、送り迎えをしていてサッカーに詳しくなったり……ですね。

人間は仕事した種類と質で出来上がっていくのだとすれば、結婚生活をちゃんとしている人の方が、人間の出来は良くなるにきまってるなぁ、と納得させられました。また、家族に障害がある人がいる場合など、人一倍の苦労がおありでしょう、更に人間力が上がっているかもしれません。

じゃあ、専業主婦の場合は、外の仕事はやっていないわけで、仕事量はどうなるの？という問いが出てきます、これについては、別の文章で考察してみたいと思います。また外の仕事と言っても、時間の短いほんのアルバイトから、責任を部下の分まで負わされている人まで、量と質は違うでしょ、ということもあり、細かく考察すると色々出てくるので、それも後日に。


年を重ねた私は8の説に関し、加えて人と暮らす効用として〝反論をもらう〟という項目も入れようと思います。そして鍛えられる。自分の考えに対し、

「そうかなぁ」

「こういう場合はどうなるの？」

「そんなこと大切なの？」

と、すんなり賛成をもらえなかったり、自分のやっていることに対し、

「ここ、きたなくなってる、掃除しなきゃ」

など色々注意される、などにより独善に陥るのを防げ、考えが深まる、人には色々な人

がいるなぁと悟って人にやさしくなれる、などの効用がもたらされるという方程式が成り立つのではないか、と思うものです。


ただし、10歳代、男性の生徒さんから聞いた話によると、

「家ではお母さんの言ったことに反対すると、お母さんがヒステリーを起こして大変なことになるから、お父さんも自分も逆らわないで、そうだねそうだね、と言ってる、そうじゃないと面倒くさいから」

というご家庭もあるようですので、この方程式はすべてにあてはまるかどうかは疑問ですが。

婚活を頑張っているのになかなかうまくいかない同情すべき人（男、女）たち

さてここまで結婚について書いてきましたが、話を転換させて、がんばっているのに結婚にたどり着けなかった人の話で印象に残っているものを紹介していきます。

生徒さん、20歳代、女性。パソコンで相手を探すことがはやり始めた頃、趣味〝映画〟ということで関心事が共通で、パソコン上で話が弾んだ人と、いざ会って一緒に映画を見ようということになり、鉄道で遠くまで出かけて隣に座って映画を見たまではよかったのですが、

「彼は映画を見ながら『これはCG制作だ、これは特撮だ』というところに関心がおありのようで、私は、この男優さん、女優さんすてき、このロマンティックなストーリーどうなっていくのかしら、と思いながら見たかったのに、ムードがぶち壊された」

と言っていました、そこでこの二人は終わりました、彼女は、

「人を見るのには実際会わなきゃだめだ」

と言っていました。

ここで思う、昭和生まれの私や、昭和生まれの周りの人たちは、

「人間を見るのに実物に会わなきゃだめに決まってるでしょ」

と言っていますが、聞くところによると日本だけでなく外国の若者でもSNS情報に頼り切る傾向が強まっているとのこと、会わずにことを運んでいく傾向に進んでいると。警告を発している方もおられるようですが、（世の中どうなっていくの、ちょっと怖い）と

思うのは私だけでしょうか？

生徒さんの発表会に見に来てくれた友達、20歳代、女性の話。付き合っていた男性に振られたショックを話していました。それは、男がほかの女に心が移ったのではないのです。言われた言葉は、

「おれ、女性はいらない、一生結婚する気がない」

というものでした（この男性の言葉、口実ではないようです）。

世によくある振られ方は、付き合っていた男性の心が他の女性の方に行ってしまったショックというものでしょうが、この振られ方はどうでしょう。彼女曰く、

「ほかの女性に気が向いたという方がマシ」

〃この振られ方で、女全体を（彼女全体を）否定されショックを受けた〃というものです。全存在を否定されるというのはスゴイことですね。思うに、付き合っていた男性がほかの男性の方がいいと走って行ってしまって（男が男を好きになったというケース）、残されてしまった女性も、同じようなショックを受けているのでしょうね、きっと。

蛇足ですが、他の女に移っていった場合は、〃君にもいいところがあるが、他の女の方

がもっといいところがあってそっちの女の方が今はもっと好きなんだ〟と解釈でき、全否定にはならないわけですね。

同業者の女性の失恋話。婚約まで進んで結婚がすぐ目の前だったのに、彼は予告なく、素振りも見せず、いきなり自殺してしまったそうです。この振られ方はどうでしょう。彼女の人生の未来、希望のほとんど全てを否定していったかのような彼、〝どうしてなのか訳がわからない〟と混乱するしかない彼女、彼女曰く、

「絶望の淵に落とされた気分」

ということで、その気持ちをぶつけるためひたすらピアノを弾いたそうです、曲はベートーベンの「悲愴第一楽章」。その時の彼女の気持ちは、(今、この曲を世界で一番うまく弾いているのは私だ) だったそうです。他の曲に関しての彼女の実力は、世界一どころか日本一でもない、自他共に認める普通に上手な人たちと言われるランクに入るような実力だそうですが、私はこのベートーベン演奏の話には真実味があると思いました。コンクール云々ではない何かがこもっている演奏だったに違いない、と。

ちなみにベートーベンのこの曲は、クラシックにあまり親しみのない方でも、出だしの

和音を聞いただけで、深い悲しみが感じられるであろう曲であります。

同業者の女性の婚約解消話。式場予約も済み、招待状も配り終わり、一週間後は披露宴という時、結婚を取りやめたという話です。

彼女は、ある会社社長の娘で音楽大学卒。私は家に招かれ宿泊させてもらったことがありました。お金のなかった私の住まいの玄関の面積は狭かったのですが、それに対し、彼女の家は広い玄関についたてまであり、専用音楽室は、もちろんグランドピアノとフル鍵盤のオルガンと演奏をゆったり聴けるソファセットなどが置ける広々とした部屋で、お父さんもお母さんも彼女の音楽生活に対する理解度協力度はたいへん高い、というお宅でありました。

相手の男性があらわれ、クラシックの音楽チケットを二枚買っては、彼女にプレゼントしコンサートに誘うなどして、彼女の心を買っていました。ところが、式場を予約して準備が整った頃から、クラシックに興味を示さなくなって、コンサートにも行こうとしないどころか、話題にも乗せなくなったそうです。さすがの彼女もこれはおかしいと気付きました。親御さんたちは最初からあやしいと見ていました、彼女の家の財産狙いの男ではないかと。お金のある方たちには、お金狙いの人に気を付けなければならない、という苦労があるのですね。そこで結婚を取りやめたというわけです。この男、〝釣った魚に餌やらない〟という方針を実行しようとして失敗したわけですね。

後日談、彼女の弟さんにも彼女という人がすぐあらわれましたが、何とこれも財産狙いだとわかったそうです。子どもたちは、〝家は金持ちだぞ〟などとプライドを持つように育てられておらず、素直にお育ちなので、寄って来た人を信じてしまうのでしょうね。世の中にはこういう大変さもあるんだなぁ。

似たような〝釣った魚に餌やらない〟の話として、結婚はしたがすぐ離婚した例があります。

その生徒さんは20歳代女性、音楽講師になることが決まっていました。相手の男性は、彼女の（つまり私の）発表会に必ず来てくれただけでなく、彼女の演奏を録音してくれ、音楽に理解ある男性に（いい人に）見えていました。が、やはり式が近付くにつれて彼女は、

「なんだか憂鬱になります」

と言っていて、結婚してみたら、

「おれの帰宅前に必ず帰宅していること、食事の用意、その他家事はちゃんとやっておくこと」

と言われ、彼女の音楽の仕事と彼の欲求とが両立することは不可能になりました、で結局離婚しました。何となくご存じでしょうが、音楽教室はお子さんや大人の方の、学校、仕事オフ時間がメインの仕事時間となりますので、帰宅時間は遅くなりますし、人々の休日に音楽イベントを行うということが普通になっています。

この話、先の例と合わせてみると、

「男ってずるいんだよ」

なんて声も聞こえてきます。これまでにも色々出てきた、よくない男と付き合ってしまう女性のことを考えると、『いい男とよくない男の見分け方~人生の落とし穴にはまらないために~』なんていう書物が世に必要かもしれません、女性は若い時には一度はこの本を手に取ってみたり、参考書として時々のぞいてみたりするのがよいかもしれません。結婚前の女性だけでなく、死別や離婚したなど一人暮らしの女性にも、お金目当ての男が寄ってくる世の中だそうですから、不幸な事件が起きる前の予防策は必要かもしれません。

この本はある一人の人が書くのではなく、女性も男性も書く、また失敗した体験談も載せる、などがいいかもしれませんね。

次の例は、男性募集中と言っていた、同業者の話。

「失恋以前に男性に巡り会えない」

ということでした。

「誰かいい人いない？」

と私に聞いてきたので、

「漠然といい人と言われてもね、どういう人がいいかお好みを教えて」

と聞き返しました。

「私の望みはたった一つだけでいいの、それは大きな声で笑う人」

と答えました。当時はバブル時代で、人気のある男の人とは、〝三高＝高身長、高学歴、高収入〟に集中していました。確かに彼女の希望は三つより少ない一つですが、（はてね、大きな声で笑う人か）と思って周りを見渡します……思いつかないぞ、かえって三高の方が思いついたりして。近くにいた男性に聞いてみました、

「こういう人知ってる?」

「そんな人めったにいないよ、三高の人の方がずっと多い」

との答。

まず、日本人には、日常大きな声の人が少ないようです。環境が大きな声を出せないようになっているからか、日本語の発声が口先発声だからでしょうか。また日常楽しそうに笑って暮らしている人はどの位いるのでしょうか、疲れたり、ストレスを抱えている人はよく見るような気がするけれど。酒の席だけで大声で笑っている人も見ますが。今、この時点で、

「私は大きい声で笑う男です」

と名乗りを上げられる人はどの位おられるでしょう?

(難しいもんだなぁ、相手探しって)と思わされた話でありました。

次は、子どもの頃から教室に顔を出している男性の話。30歳代、婚活をがんばっていました。

ネット経由で有料の紹介サイトにより数人と付き合いました。こういう場合、出会う場

所によく使われるのはレストランのようですね。中身は知りませんが、食事しても、メールの交換をしても、話が一向に前に進んだ気がしなかったとのこと。これを数人やった後、疲れて、かつ見込みも感じず、そのサービスを退会した、ということでした。

ちなみに一回一回の食事代は、金額およそ７０００円、全て彼持ち、相手の女性もどういうわけか、

「割勘で」（ましてや自分持ちで）

とか、

「ごちそうしてくれてありがとう」

とか言わないようで、世の中では〝男女平等の世にしなくてはいけません〟と国を挙げて唱えているというのに、こういう場面では男が払うものなの？　ちなみにこの男性だとて高収入ではなく、この程度のおごりはどうってことないという懐事情ではないのです。

以上、結婚相手を探す大変さを感じ、頑張っている人に対し同情に堪えない例でした。

結婚しにくい日本の中で、少しは男女が付き合える場所はどこ

ここで第一章に書いた、結婚相手を探しやすい日本の文化土壌の開拓というものを、再度唱えさせてもらいたいわけです。日本では結婚相手を探しにくい、と思います。希望が全くないわけではありません、私の知る範囲で、少ないものの中からいくつかを書いてみます。

まずは、私の立場からも、まず〝音楽〟を推奨します。

私はこれまで男性の知り合いがいる、と男性の話を書いてきましたが、ひとえに音楽をやったおかげで男性と知り合ったと言えるわけです。音楽サマサマ。

もし女の私が道を歩いていて、声をかけたくなった男性がもし仮にいたとして、声をかけたとしたら、かけられた多くの人は、

「気持ち悪い」

といって逃げるかもしれません、警察に通報するかもしれません、地域のお知らせ案内に〝不審者出没注意〟と貼り出されるかもしれません。が、ここに〝音楽〟の二文字をはさむと、事態は全く変わってきます。まさか道では声はかけませんが、音楽をやっている知らない方に直接会いに行ったりして、

「私は音楽をやっている者ですが、音楽的なことでお付き合いさせていただけますか？」

と言っても怪しまれたことは一度もなく、

「お話は伺いましょう」

と言ってくれたり、教室に出向いてくれたり、音楽に付き合ってくれたり、皆さん大変オープンな男性ばかり。

ここで、しつこいようですが、〝音楽に興味あります〟という男に声をかけるのではありません、〝音楽が好きで音楽をやっています〟という人に声をかけるのです、そしてやっている音楽を聴くことは必須です。

またおじさん、おばさんバンドもいい。おじさんおばさんバンドが世にはやっていますが、男女混ざって仲良くやっておられます、バンド練習の後飲み会をしたり。

つまり、

「音楽で付き合って下さい」

と〝音楽〟の二文字をはさむだけで、男女すぐ付き合えます。音楽っていいなぁ。ただしもちろん、人間的な約束を守らないなどが見当たれば嫌われていきますし、練習しないでただただ異性目当て、なんていう人もあきられていきますが。ちゃんとやれば皆と楽しくやってかつ練習して上手くなれるなんて、一石二鳥と考えられます。音楽やって、男女仲良くなりましょう。

そのほかに何があるかな？　と考えてみました。

スポーツの混合ダブルスや、混合競技なんてのもよさそうです。先の（2021年開催の）東京オリンピックでの卓球の美誠、水谷ペアなどが思い描けます。

また私の知っているところでは、男女混合ペア碁なんてのもよさそう。ペア碁とは2対2で対戦する方式、混合ペアの1ペアは男女一人ずつ、相談せずに交代に打つそうです。

その他、（私の知らないもので、もっと男女が仲良くできるものがあるかもしれない、こういうものが増えればいいのにな）と思っております。恋人、結婚相手を探すだけでなくても、普通に世の中が楽しくなりそうです。

感動した夫婦、インパクトを感じた夫婦の話

ここで、今までのテーマに入りきれなかったご夫婦を紹介します。

エレキギタリストの彼、30歳位、結婚したて。私とも知り合ってこれから音楽のよいお付き合いができそうだと楽しみにしていた矢先、突然脳梗塞で倒れ、寝たきりになってしまいました。目も開かず、話しかけた言葉にも反応せず、いわゆる植物人間状態、

「この方に話しかけてもしょうがないよ」

と言われる状態になってしまいました。が、彼の妻はあきらめませんでした。彼が一番好きで尊敬している世界のギタリストの音楽を録音して耳元で聞かせました。すると、何と、彼の眼から涙がこぼれた、ということです。この話は、今これを書いていても感動します。彼の脳は死んでいない、音楽には反応した、そして確かめようはないが、愛する妻が聞かせてくれているのだ、ということもわかったかもしれないのです。感動的なご夫婦の話だと思います（私はこの話を聞いてから、身近な人が何の反応もしない状態になって

も決してあきらめないぞ、と心に決めました）。

　また次は、ヨーロッパの男性と結婚した女性の生徒さんの話。男性は日本のある大学の先生として雇われています（その大学は、日本ではその存在を知らない人はいないでしょうと思われる大学です）。この時点で私は優秀な方だなぁと思ってしまいます、外国語が自由に操れない私から見ると、外国語を操れその上厳密な論文を書け、その上自国語でない言葉で日本人を指導できる力を持っているのですから。

　ヨーロッパの男性と結婚した彼女は、自分のことは並の女だと思っていて、ある時彼にこう尋ねました、

「どうして私なんかと結婚したの？」

　それに対する彼の対応は、まず彼女の目をまっすぐ見据えて、

「本当にそう思うの？　僕が君と結婚したのは、これこれこういう理由だからだ」

と真剣に説明してくれたそうです。私はこの話を聞いて、（やっぱりヨーロッパの男性は精神構造が違うな）と感心したものでした。

（いや違うよ、これは大学の先生だからだよ）と思う方おられます？　大学の先生をよく

は知りませんが、そうは思えませんね、私は。（ここについては、長く日本で生活した日本人の私は断定してしまいます）。

今まで色々書いてきたのはすべて日本人の例でした。日本の人間模様が見えたと思いますが、外国はまた違うのですね。日本の女性の中には、外国の男性と結婚した方に対し、（妻を大切にしてもらえて、うらやましいなぁ）と思う方もいるでしょう。しかしこれだけ聞いて安心してはならないようです、なぜなら、離婚する時もきちんと説明して離婚するようで、その理論にしっかり対抗できない限り、離婚を思いとどまらせることはかなわないそうですから。

日本の人たちに聞いてみたい女と男の付き合い方

さて、結婚して、仲よく夫婦生活をやっています、という人たちにも、色々細かい問題は出てきます。以下は、今日本人の皆さんに尋ねてみたい問題をいくつか提起してみたいと思います。

まず、一口でまとめて言うと、結婚したあと他人の異性とどこまで付き合ってもいいものか？　ということです、もちろん不倫はダメ、とほぼ全員答えるでしょうが、もう少し細かいことです。また一般に女と男の境界線はどこにするの？　ということです。

20歳代、女性、もうすぐ結婚式を行うという時期にいる生徒さんに対し、この質問をしてみました、

「二人でお食事までがＯＫ、それを超えるのはダメ」

との答えでありましたが、まず、〝お食事もダメ〟という人はいますでしょうか？　また、〝二人でお酒を飲むまでＯＫ〟という人もいますでしょうか？　また、〝日中はＯＫだが、夜はＮＧ〟という人もいますでしょうか？

次に、50歳代、女性、結婚している生徒さんの話。彼女は音楽教室に通う以外にも車で15分程の所にあるテニスクラブに通っていました。たまたまテニスクラブに近所の男性がいることがわかり、

「今度テニスに行く日は同じ日だから、別々に車で行かず、車1台で一緒に行きましょ

う」

と打ち合わせ、そのつもりでいたところ、あとでキャンセルの連絡が来ました、

「うちの奥さんが一緒に車で行くのを嫌がっているので」

とのこと。

彼女は不満を私に言いました、

「テニスに一緒に行くだけなのに許可が出ないなんて（心が狭い）」

確かに、エコの観点からしても、市街地渋滞緩和や、駐車場の混雑緩和の観点からにしても、車1台で済むならばその方がいいわけです。この話については、日本人の人たちはどっち派なのでしょう？

次も生徒さん、50歳代、女性、結婚している人からの相談。彼女も音楽教師であります。フェイスブックをやっていて、そこには音楽趣味の人が集まっていました。ある時、その中で音楽の話で盛り上がった男性が出てきました。それはたまたま彼女が教えている生徒さんの父親でありました。それがわかってからしばらくすると、その男性の妻（＝教えている生徒さんの保護者）から電話がかかってきて、

「うちの主人とフェイスブックをするのやめて下さい」

と言われたとのことです。私はこの件について、

「どう思います？」

と聞かれました。日本人の人たち、この話はどう思います？　抗議してきた妻である女性にシンパシーを覚えるのか覚えないのか？


同業者、女性から、夫婦間の話。出産の時、夫に一緒にいてもらいたいかどうか？　について。彼女は、

「出産の姿は、夫に一番見せたくない姿」

と言っていました。

その反対の女性、音楽会で知り合った人は、

「夫と共同作業で出産したい、同じ気持ちになって子うみしたい」

ということで、産院でなく、海で二人一緒になって出産しました。

正反対の感覚の人がいるなぁと思ったものですが、日本人の人たちは、どちらの感覚の人が多いのでしょう？

次は、男と女の境界線という点を取り上げます。夫婦間の問題ではなく、母息子間の問題です。生徒さんのお母さんからの話。私との関係は、保護者と教師というよりは、前から知っている少し親しい関係です。彼女の家庭は彼女、夫、息子3人の計5人、男対女＝4：1です。息子3人は、中学生、高校生、大学生。彼女が言ったことは、

「家の3人の息子たちはみんなフリチンでお風呂からリビングに出てくるんですよ、私が、『お母さんは女なんだからパンツはいて出てよ』と言っても、3人ともお母さんは女じゃないって言うんですよ」

とのことでした。そしてやり続けているそうです。

フリチンというものは心地よいことなのかどうか、女の私にはわからず。また、女のきょうだいがいる家庭では、こういう風にはならないでしょう。

このケースについては、日本の皆さんはお母さんに同意するのか？　息子さんたちに同意するのか？　どっちでしょうね。

以上、細かいことをいくつか書きましたが、世の中はこういう細かいことで、ああだこ

うだともめごとが起こっているわけです。結婚している人の他の異性との付き合い方の境界線とはどんなものなのか？　女と男の境界線はどこなのか？

豪快な方であれば、〝自由じゃ、何やってもいいのだ〟という人（男、女）もいるでしょうし、〝カップルごとに決めればいい（できたら結婚時に決めておくのがいいと思うが）〟という人（男、女）もいるでしょうし、〝知らせないで黙ってやれば平和は壊されない〟という考えもあれば、〝いやいや、夫婦間の秘密はよくないでしょ〟という考えもあるでしょう。その他、どんな感覚をお持ちなのか知りたいところであります。

今まで、女と男の話について、書いてきました。これに対し、（これらの話は天下国家の重大事に比べたら取るに足らない話だ）と思う方もいるかもしれません、

「世界では色々なことが起こっている、経済問題も色々抱えている、もっと広く世の中を見て」

と言いたくなる方もいるかもしれません。が、私は反論します。

まず、小さかろうが大きかろうが問題であることには違いないこと、問題である限り、解決は必要であること、また、当事者からすれば、小さいとは言えないことが多いこと、

また、問題は当事者だけにとどまらず、周りの人にも影響を及ぼしていくものであること、そしてそれはよくない影響のものも多いこと（解決が望まれること）。

そして私が特に言いたいことは、次のことです。世を見ると、コメンテーター、評論家、学者、などの方々が、色々提案をされていて、（ごもっとも）と思うことも色々ありますが（ごもっともとは思えないことも色々あります）、提案する先、相手は人間であるわけで、人間がそれを受け止め、実行しなければ提案は宙に浮くだけであります。提案された人間は受け止められるか？　実行できるか？　といった時に、被提案者が、

「自分の問題で手いっぱいです」

といってエネルギーが他に回れなければ、実行はされないことになります。

私は、人間が、消耗するだけのような色々なことにエネルギーをとられることは、とてももったいないことだと思っている者です。本人にとってだけでなく社会全体にとって。日本をよくする、日本を沈没させないためには、まずは一人一人の個人のエネルギーが必要。そのエネルギーの総和で日本の未来が決まるのではないでしょうか。

少なくとも、個人が女と男の関係で無駄なエネルギーを使う世であってほしくないと思っています、女と男が付き合ってエネルギーが増した、という世の中になればいいと

思っています。まぁこういう気持ちもベースにあり、色々な例を紹介してきたわけです。（音楽教室をやっていても、この人、問題を抱えていなければ相当音楽レベルのいいところに行けるのに、残念、と何度思ったかしれません）。

音楽をやっている人たちの結婚はどんなものなのか？

さて、意見はここまで。（音楽をやっている人の結婚の実態はどうなの？）と思われる方もおられるでしょうから、少し書きます。音楽をやっている人同士のカップル、あります。バンドの中で仲良くなって結婚あり、クラシックの仲間で仲良くなって結婚あり、同じ楽器をやっていて結婚あり、違う楽器同士の結婚ありです。この中には、生徒と先生の結婚もありです。

結婚後も、仲良く音楽の仕事を一緒にやったりしているカップルもいます。

その反対に、

「音楽やっている人とは絶対に結婚できない」

と言っている音楽をやっている人もいます、それは何故かを書いてみます。

音楽をやっているプロは、音楽に対する自分の思いが強くあります。アマチュアの方は、同じ楽譜を奏していれば同じ結果になるのではないか、と思われる方もいるでしょうが、全く違う。プロが同じ楽譜を見ても、そこから思い描く音楽は、十人十色。

「私はそこのフレーズ遅く」

という人がいるかと思えば、

「いや、違う、速く」

といってぶつかったり、その他、こう弾く、ああ弾く、と各人の考えは百出する。そしてプロのそれは（絶対こうでなきゃならない）という想いなものだから、相容れない人とは相容れない。この音楽家と音楽家が結婚したら、毎日音楽上でバトルをしていなければならない、毎日バトルする生活はやってられない、と考えて、（音楽やっていない人と結婚したい）という希望になるわけです。こう考えると、音楽家同士がうまくいっているカップルは、よほど意気投合して音楽の感覚が合っているか、どちらかのレベルが上で、それを一方が尊敬しているか、なのだと思われます。

女からみて、男の話を聞いてよかったと思えた時

次に移ります。女と男は仲良くして生きていきましょう、を提唱している私としては、恋や愛だけでなく、仕事上や、友達としても、やっぱり、話を聞いたり付き合っていてよかったと思ったことは、数々あります。それを書いてみます。

男性プレーヤーからの話。

「鍵盤でドレミファソラシドを弾く時にかっこつけるには、両手を使うことだよ」

と多くの後輩に提唱していました。両手ですと、腕の動きが大きく見えてパフォーマンスがよくなる、ということです。この奏法は、教科書には載っていません（教科書では、片方の手で無駄な動きなくスムーズに運指すること、となっています）。

女の先生はまじめにテキスト通りに教えているように思いますが、男性は教科書から離れた発想をしておられる。ここが面白いな、と私は思いました。他にも、

「鍵盤を手の指で弾かず、足の指で弾いたら面白い」

ということを言ったりするのも、音楽をやっている男性でした。

ひょっとしたら、教科書や先生の言っていることから外れて発想できることは、他のジャンルにもあてはまるかもしれない、と思いました。たとえばノーベル物理学賞を取る方なんて、他人の発想の力を借りることよりも、自分の発想が豊かなんだろうな、きっと。今まで日本では女性の受賞者がいません。いつか取る人が現れるのかな?……話が飛躍しました。


音楽の舞台制作関係の仕事をしている男性の話。彼の妻は、自宅で音楽教師をしています。

彼の家に招かれ、3人で色々話した時に出た彼の言葉は、

「音楽教室の先生が生徒さんから月謝をもらう時の額の決め方は、教室運営にかかる費用と、先生の生活費までだ、それ以上儲けようと思ってはいけないと思う」

でした。女の先生たちと話すと、

「相場はいくらだから私は月謝はいくらにするの」

という話しか聞いたことがなかったので、音楽教室論を哲学する発想は、大切だな、と私は感心しました。

こういう目で世の音楽教室経営者を見ると、時々、〃出店第何号〃といって拡張にのみ力を入れているような教室（先生たちは安ギャラでしょっちゅう辞めていく話を聞く）が見えます。音楽教室は他の業種のように利潤追求に大きな力を入れてはならないのではないか、と思いながら、出店を宣伝しているこれらの教室を、私は横目で眺めております。

男性と話して感心することばかりかというと、そうではありません。その話を。

私の教室にパーカッションを入れて、スティックも手に入れました。スティックはパーカッション演奏だけでなく、色々と役に立つことに気付きました。例えば、メトロノーム代わりに打ち合わせる（手拍子よりしっかりとリズムがとれる）、黒板の板書を指し示せる、など。私がこの便利さを、

「スティックって色々使えて便利」

と近くの男性に言ったところ、

「生徒をたたくのにいいからですか？」

と答えが返ってきて、（男ってどうしてこういう発想になるの？）と疑問に思ったわけです。何と別の男性にも言ったところ、同じ答えが返ってきて2度ビックリ。

女の先生は、

「生徒はかわいいわよ」

と大切に扱っている声が圧倒的多数。時々言葉だけ冷たい先生はいるようですが、長く先生業はやっていないのではないかとみられます。

（もしや、男は闘争本能が盛んで、戦争を思い付くのも男なのではないのか）と、またまた思ってしまいます。何故世の中に戦争が起こっていない国があるのか、と考えると、男の闘争本能を戦争までに超えていかないような抑制力が働いているからではなかろうか？と推測されてしまいます。抑制が利かなくなった時は、恐ろしい世の中がやってくるのです。では、どうやって抑制力を働かせるのか？　難問です……少々飛躍したかな。

生徒さん、30歳代、女性からの話。結婚して数年、お子さんもいて何の問題もなく生きている人、その人の発言、

「旦那には何の問題もないんだけれど、なんか不満で」

「え、何が?」

「旦那の話が面白くないの」

ということでした。近くの男性にこの話をした瞬間の反応は、

「そう言ってる自分は面白いことを話せるの?」

でした。自分を棚にあげて人にばかり注文するな、と言いたいようでした。

そういえば、J・Popでひと頃はやった歌の中にも、女性歌手が、〝私はこういう女なの、こうやって扱って下さい〟というようなものがありましたが、20歳代の音楽をやっている男性が、

「女の一方的な欲求に聞こえてこの歌嫌い」

と言っていましたね。

この話を結婚している女性にするとどうなるのか? したわけではないですが、想像で書くと、

「いいじゃない、うちの旦那はもっとつまらないのよ」

とか、

「うちの人は話だけは面白いけれど、だらしなくて困っちゃうの」

とか言いそうです。中に、

「うちの人は、話も面白いし、いい人よ」

なんて言う女はいそうもないですね。いたとしたら、

「何のろけてるのよ」

と言われて仲間外れにされそうな雰囲気。

どちらにしても、〝うちの旦那が〟〝うちの、うちの〟と旦那を見せ合う話し方に花が咲きそうで（相手の話に直接コメントしないこの話し方を私は好みません）、〝そういう自分はどうなのか〟という内省の話にはいかない模様であります。

この話私は、女性は男性の話を機に触れ聞かなくてはいけないのではないかと思われる話だと思います。女の欠点がもろに出ている話に聞こえます。


ここのテーマに入れるのにふさわしいかどうかわかりませんが、入れます。

音楽教室の受付の女性の話。私が雇われの身であった時、よく受付の女性と言葉を交しました。音楽教室の受付さんという存在は、特に年配の女性ですと、人から声をかけられやすい存在らしく、話の聞き役になったり、おしゃべり相手になったりしやすいようです。

松本清張さん原作『家政婦は見た』の家政婦的な所があり、人が気を許して付き合う相手ということでしょうか。

彼女は、40歳代、夫、お子さんあり。ある時の発言、TVのワイドショーを見た感想、「芸能人の男は、奥さんがいるのに愛人をつくったり、浮気したり、そういうのが多い。男ってどうしてこうなの、男って嫌」

と本当に嫌そうに言いました。そこにいた私が、

「もし、あなたの目の前に、かっこよい男が現れて、おいしいものを食べに連れて行ってあげる（おごりますよ）と言われたらどうする？」

と聞いたところ、彼女は、

「行くー」

と即答しました、ニコニコしながら。私、

「そういう女がたくさんいるから、世に浮気だなんだがたくさんあるんだよ」

と言ったところ、彼女は、

「そうだね」とあっさり返答。

この彼女、素直な性格で、どちらかというと私は好きな性格の人ですが、このサイクル

が続く限り、男と女の浮気、愛人、不倫話は消えそうもありません。この会話は、男性と女性の会話ではありませんが、女だけで一方的に盛り上がる話は偏った結末になっていく例としてお読み下さるとよいと思います。

楽器購入などでお付き合いのある楽器店の店員、男性の話。職場の内部で、ある女性店員Aと、もう一人の女性店員Bが、仕事上などでぶつかって大変仲が悪くなり、男性の店員は自分が仲裁に入っておさめよう、と殊勝な心を起こしたという話。

彼は両者の話をよく聞いた上で、自分の考えを、A、B、それぞれに言いました。彼の考えとは、どちらの言うことにも同意する点と、疑問に思う点があった、ということでした。するとAからは、

「あなたはBの味方をするの?」

Bからも、

「あなたはAの味方をするの?」

と言われ、両者から嫌がられ、

「自分は損をした気持ち」

と彼は言っていました。もちろんA、B間の仲裁は成功せず。

その後彼は、先輩の男性たちにこの話をしたそうです、すると先輩たちからは、「女ってそういうものだよ、女の話に深入りすると損するよ」と言われたそうです。これを聞くとなんだかその他にも男性たちは、女への批判を言っていそうです。

女は、自分の考えが絶対に正しいと思っている、譲歩という観点がない、味方でなければ即敵、仲裁者にとりあえずの感謝もしない、という手のつけられない生き物だと男性から思われているようですね。そこでますます女は男性から距離を置かれ、女と男は仲良くしよう、などというテーマからは遠ざかっていってしまいます。

この話（男性からの批判の言葉）には、女は耳を傾けた方がよさそうです。

例は細かく出しませんが、女だけの音楽の仕事の会議で話がまとまらなくて困った話、女だけのバンドで方針が割れ、双方全く譲らず、バンドが分裂した話、女の共同主催で音楽発表会をやった時の、練習時から言い争いが絶えず、何とか当日を迎えたが、その後、二度と顔を見たくない、という関係になってしまった話、同じく一緒にできなくなって、練習時に顔も見せなくなってしまった話、など少なくなく色々聞きました。中にはうまくまとまっている女だけの音楽グループもありますが、一人（以上）まとめるのがうまい女性の存在がいるように私には見受けられました。

こういう姿を色々見ると、女の社会進出は結構なことですが、中身の質の悪くない社会進出ができるようになるまでには、時間がかかりそうだと思いますし、男性の話にも耳を傾けた方がよいことはいくつかありそうだな、と思いますね。

男性に話を聞いてよかった次の話、これはしかし男性と呼んでよいかわからない存在の方です。私が、酒がありホステスさんのいる場所で演奏の仕事を頂いてやっていた時、休憩時、控室（ホステスさんの更衣室）にいる形をとっていました。時々ゲストで全国回りの踊り手さんなどが来て控室で会います。ある時会った方は、いわゆる女装男性、店ではオカマショーと言っているショーに出演していました。控室でその方は、

「男っていやらしいでしょ、いやらしい男の中で仕事するの大変でしょ」

と言葉をかけてくれました。いやらしい感じのする男の中にいる緊張感を持ちつつ演奏していた私にとって、なんて暖かい言葉に聞こえたことでしょう。女の気持ちをよくわかってくれ、声をかけてくれる存在。この時から、私は、女の気持ちをわかってくれる女

装（必ずしも女装していなくともよい）男性の存在が好きになりました。

そういう目で世を見渡すと、日本の女装の元祖とも思われる丸山（美輪）明宏さんや、ミッツさんや、その他色々な方々は、人気があり（特に女性に人気あるのかな）、人生相談回答者にもなっておられたりし（相談する側は特に女性が多いよう）、やっぱり私と同じような感覚の人はたくさんいるのだな、と思います。いわゆる男ではなく、だからと言って女ではなく、この方々は、私思うに、ヒト、と、神、仏との中間に位置している存在なのかな、とも見えます。では、女性で、これに匹敵する存在は、と考えてみると、宝塚の男役かな、役の上だけなのでちょっと違う存在ですが。しかしこの男役、かっこいいですし、人気があります。女から見ると、男の嫌な所がなく、いい所だけがある、いわゆる理想的な男、に見えるわけです。

この神仏とヒトとの中間存在にしても、男役にしても、何か高い所にいて、庶民が気楽に近寄れる感じはない（少なくとも私は）存在です。が、世にいて欲しい存在です。

店じまい

　さて、そろそろ店じまいをしましょう。私は音楽の仕事をしていた副産物として〝女と男〟の関係の話を少なくなく見聞しました。その話を、色々な方に聞いて頂きたく、思い出すままに書いてまいりました。私一人の記憶に残しておくのはもったいない気がしました。また、読んだ方の意見を聞きたくなるところもたくさんあります。

　そして結局は、女と男がよい関係を築き、よい社会の礎になればよいというところに向かって行って欲しいのですが。

　また文中にも書きましたが、残されたテーマで書きたいことがいくつかあります。それは別の文章で書いていこうと思います。例えば、子どものこと、女と仕事のこと、音楽のこと、などです。

　それでは今回はこれにて。

あとがき

この書を、文芸社さんのお力添えで出版することができてうれしく思っています。

この文章を読んで、何かを思った方は、是非とも文芸社さんあてにお知らせ下さい。

感想、意見、関係する自分の体験、など皆さんがどう思っているかが知りたいです。

お寄せいただいたら、何らかの形でお返事は発表したいと思っています。

私の文章が、読まれた方にとって女と男について考えを進めるための一つのきっかけになれば幸いです。


私自身は、文中にも書きました、〝女と男〟以外の残されたテーマがたくさんあり、書いてまた発表しようと思います。

そちらの方もまた聞いて（読んで）頂ければうれしいです。

草の実アイ

著者プロフィール

草の実 アイ（くさのみ あい）

20代よりパブ、クラブ、結婚式場で演奏の仕事を始める。並行して、色々な音楽教室に雇われ講師業を始める。30代は音楽専門学校講師もつとめる。40代より自分主宰の音楽教室を経営し始める。現在、仕事を縮小し、体験に基づいた文を書き始めている。
関東圏在住。

女と男のはなし ～町の一音楽教師から見えた世の中～

2023年４月15日　初版第１刷発行

著　者　草の実 アイ
発行者　瓜谷 綱延
発行所　株式会社文芸社
〒160-0022　東京都新宿区新宿１－10－１
電話　03-5369-3060（代表）
03-5369-2299（販売）

印刷所　株式会社エーヴィスシステムズ

ISBN978-4-286-30004-7